开学第一课

依据国家教育部和中央电视台
联合主办的《开学第一课》活动
·················· "我爱你，中国！"主题拓展原创版 ··················

听，雨滴在说话

中央电视台《开学第一课》编写组 编

时代文艺出版社

图书在版编目（CIP）数据

听，雨滴在说话 / 中央电视台《开学第一课》编写组编.—2版.
—长春：时代文艺出版社，2016.1（2021.3重印）
（开学第一课）
ISBN 978-7-5387-4946-5

I. ①听… II. ①中… III. ①中国文学—当代文学—作品综合集 IV. ①I217.1

中国版本图书馆CIP数据核字（2015）第257198号

出品人 陈 琛
责任编辑 闫松莹
助理编辑 孙英起
装帧设计 孙 利
排版制作 隋淑凤

听，雨滴在说话

中央电视台《开学第一课》编写组 编

出版发行 / 时代文艺出版社
地址 / 长春市福祉大路5788号 龙腾国际大厦A座15层 邮编 / 130118
总编办 / 0431-81629751 发行部 / 0431-81629755
官方微博 / weibo.com / tlapress 天猫旗舰店 / sdwycbsgf.tmall.com
印刷 / 三河市嵩川印刷有限公司
开本 / 710mm×1000mm 1 / 16 字数 / 120千字 印张 / 12
版次 / 2016年1月第2版 印次 / 2021年3月第2次印刷 定价 / 36.00元

敬启

书中某些作品因地址不详，未能与作者及时取得联系，在此深表歉意。敬请作者见到本书后，通过以下方式与我们联系，我们将按国家规定支付稿酬并赠送样书。

E-mail：azxz2011@yahoo.com.cn

《开学第一课》编委会

编委会主任：韩　青　许文广

主　编：许文广

副主编：卢小波

编　委：张雪梅　骆幼伟　张　燕　吴继红

　　　　若　安　段语涵　齐芮加　乔　枫

　　　　贾　翔　仝瑞芳　娅　鑫　徐　雄

　　　　李　君　古　靖　邓淑杰　李天卿

　　　　曾艳纯　郜玉乐　孟　婧

《开学第一课》的价值

有人问我，《开学第一课》的价值体现在什么地方？我认为最重要的就是全社会希望并通过我们传递出来的价值观。多元是时代进步的标志，我们尊重不同的声音和价值理念，但是作为教育部和中央电视台联手举办的一项公益活动，我们要传递的是主流的、与时俱进又符合中华文明传统的价值观。

在2008年，我们通过《开学第一课》传递了抗震精神和奥运精神；2009年正值新中国60周年华诞，我们在象征着民族精神的长城，为孩子们播撒下爱的种子；2010年，我们告诉孩子们，一个拥有梦想的民族，一个不断仰望星空的民族，就是拥有未来的民族，人生的每一个阶段都需要梦想的指引、坚持和探索，而每个人的梦想汇集起来就可能成为国家的梦想、民族的梦想。

举办《开学第一课》三年来，我个人也有一个梦想，我梦想这项目光远大、朝气蓬勃的公益活动能够坚持举办十年，让它给这一代孩子的成长提供正面的、积极向上的力量，这就是《开学第一课》的意义所在。

我希望全社会的力量汇集起来，给孩子们一种价值观的教育，中央电视台愿意承担使命，连同教育部把这项公益活动做好。我们也欢迎全社会各界积极参与、支持，从出版、纸媒、网络、志愿行动、慈善事业等各个方面，加入到这个追逐共同梦想、打造恒久价值的公益活动中来。

由此，我亦十分高兴地看到《开学第一课》系列丛书的出版，我相信时代文艺出版社正是基于我们共同的理想，以出版的力量为孩子们的未来创造了更丰富的阅读食粮，为《开学第一课》的精神理念提供了更多样的传递方式。

中央电视台 许文广

目 录

001

003

目
录

第一部分

心灵上的藤蔓

有什么能比乘一叶轻舟在浩瀚的大海上漂行更让人心醉神驰，浑然忘俗的呢？那满载思想的小舟便是书。它带着我漂过知识的海洋，智慧的溪流，驶向诱人的港湾，神秘的小岛，未知的远方。

——向蓉《向书索取》

心灵上的藤蔓

吴 非

　　我家附近，有一座独立的小院，里面住着一个老人。她很少和人说话，总是一个人静静地坐在院子里，静静地晒着阳光，独自望着院门发呆。从日出到日落，天天如此。

　　那天，我偶尔骑车回家，放肆地撒下一串悦耳的铃声。没有想到，老人竟然打开门。我心里一颤，这是怎样一张脸啊！一道道皱纹占据了核桃似的干瘪的脸，浑浊的双眼有些呆滞，一缕白发耷拉在额头上。她的嘴唇分明蠕动了两下，却没有说出话来。

　　门又悄悄地关上。

　　以后，只要一听到我的自行车铃声，老人一准打开门，继而探出头来，把我望一眼之后，又轻轻地摇摇头，悄悄地关上门。

　　后来无意间听别人说，老人一直独身，养子养女成人后一个个弃她而去，连她最爱的孙女都不愿意到这个院子里来，而她孙女的自行车还是用老人攒了好长时间的养老金买的。以往孙女一来就使劲地摇自行车铃，老人就乐得过节似的开门迎接，也不知从何时起，连孙女都很少来。直到此时，我才明白，为什么我自行车铃声一响，老人就踩着碎步打开了门。

　　又一次放学，我习惯性地按了按自行车的铃，老人也习惯性地打开门。我友好地望着老人笑了笑。她似乎吃了一惊，竟然感动得流了泪。"奶奶……"我情不自禁地喊了声。老人笑了。那笑，就像在秋阳里绽放的菊花。

　　不经意的，每次回家，我都按按铃，等老人出来后，就朝她甜甜地一笑。渐渐的，每当放学时，不管刮风下雨，老人早已立在小院子的门口，看我的眼神也渐渐温和，有时还主动向我微笑，这也给我带来一些满意和满足。终于，有一天，在我甜甜地叫了一声"奶奶"后，老人小声说："闺女，学习忙不忙，能不能到奶奶家里坐坐？奶奶给你好吃的！"说完，老人乞求似的望着我。"奶奶，这段时间挺忙的，过几天再说吧！"说完，我竟落荒而逃。我知道，"忙"只是一种借口，其实，我心里挺不愿意待在那个冷森森的屋子里。我知道老人已看出了我心中的小九九。我分明看见老人蠕动一下嘴，失望地进了屋。

我在心里说，过两天一定去，一定看看老人。这样一来，心里又轻松了许多。

过了很多天，放学回家后再也没有听见老人的开门声，使劲按铃也没有见老人开门。不知是她生病了还是那天的婉拒伤了她的心？我很想去看看，可又没有勇气扣响那扇曾经让我望而生畏的门，每次只能带着失望和歉意从那儿走过。又过了一些时候，传来一个消息，老人去了，坐在藤椅上去的，她走得那么无声无息，葬礼凄清得只有哀乐在哀号。我难过极了，为老人的身世而伤心，那天我真的不该拒绝她。

从此，在我家附近，又多了一座孤独的小院。

（指导教师：周丽霞）

003

"红豆"心情

印薇薇

走在南国湿漉漉的石板小径上，再看一看那溢满野气的河流，深吸一口那空气中飘荡着的花香，体验着那也许只有南方才有的伤感与明丽……

手持一杯香茗，信手拈来一本诗词选，体验那易安的婉约，东坡的豪放，子瑾的淡泊。忽然，看到那接连写给朋友的信笺，也因"渐写到别来此情深处"，使得那"红笺为无色"，不禁又感伤满怀。哎，怎么没有一个朋友打电话给我呢？

拉开抽屉，拿出电话本，打开一看，那么多熟识的名字，一时却又拿不定主意该打给谁，犹豫间，还是默默地将那些熟识的名字锁进了抽屉……

"有时候，有时候，我会相信一切有尽头，相聚离开都有时候，没有什么会永垂不朽……"耳边飘来王菲那飘忽迷离的歌曲，不禁又胡思乱想起来：也许，我和那些曾经很好的朋友该离开了吧！相聚和离开真是靠缘分的吧！

整理冬天衣服的时候，不经意间，手触摸到一个黏糊糊、软绵绵的东西，翻开口袋一看，原来是一块已经在口袋里待了整个一冬天的巧克力糖，已融化了，成了那黑乎乎的液体状，微微地散发出甜甜之中还略带点苦涩的香味，也不知是哪位朋友几时送的。我久久地望着这块糖，心中一种莫名的感触便滋生于如星光般明澈的心境里。那跋涉书山的日子便在脑海中渐渐地清晰起来；朋友们称兄道弟的欢笑声又在耳边轻轻地回响起来！一些隐形的手指，如慵懒的微风，正在我的心头，弹奏着潺潺的乐音。

如歌的往事，如水的欢欣，凝成唇边一朵很纯很淡的花，在微笑着淡然绽放。

窗外，几个青春少女正在说笑，银铃一般的笑声，跳动着无限的青春活力。青春真好，友谊更可贵！

远处又传来王菲的《红豆》："等到风景都看透，也许你会陪我看细水长流……"

　　我相信，朋友是永远的，即使相隔千里，仍然会"天涯若比邻……"

　　就让《红豆》做传达心灵的介质吧！

　　"还没好好地感受，雪花绽放的季节……"

（指导教师：崔益林）

小　屋

周天添

爷爷的小屋

爷爷从很小的时候，就渴望拥有一间属于自己的小屋。那时，村里除了几间年代久远的瓦房外，只有草房。爷爷就住在草房里，房子很小，他和他的兄弟姐妹、父母住在一起。

白天，太爷爷和太奶奶以及一群较大的兄弟姐妹一起去干活，爷爷就在家里看门。一个人静静地坐在屋里，盯着在外面干活的人们扛着重重的锄头和铁铲，推着推车，颠来颠去地去田里，听着他们喊"嗨哟，嗨哟……"，心中想一些奇奇怪怪的事情……

一天，忽然一声闷雷，雨点打了下来。屋顶上先是出现一个个湿斑，然后就开始滴水。爷爷忙将屋中所有的盆盆罐罐拿出来接水。一切忙完，就拿一个小板凳坐在门边，隔着竹帘看那雨中的一切，看雨点打出的小水泡，看浑浊的小溪流，看被风雨吹打得东倒西歪的小草……

这时，爷爷就想，如果长大了能有一间亮亮堂堂、能避风雨的小屋，该多好啊！

爸爸的小屋

世界正在改变，爸爸小时候也幻想着有属于自己的空间。那时家里生活条件好了起来，盖起了小瓦房，而且下雨天再也不用摆八卦阵。奶奶将房间用帘子隔开，爸爸有了一方属于自己的空间。对于这片天地，爸爸高兴了许久……

每天，做完作业，爸爸便坐在窗前看外面的世界。夕阳，从窗外透过来，将窗纸染成红色或橙色；打开窗，调皮的阳光在屋中跳跃。远处，一组平行的电线上几只雀儿静立。再远是湛蓝湛蓝的天……微风起处，屋中帘子立刻飘着荡着，爸爸的心也随之飘动。看着那微微发黄的墙壁，几分满足，几分希冀。

我的小屋

树叶儿黄了又绿，小燕子去了又来。街上的楼多了，人们的衣服鲜亮了，连阳光也分外明媚。我小时候，也希望拥有属于自己的小屋。那个时候，家里要盖楼房。随后是一段快乐的日子：在深深的地基沟中捉迷藏，在没完工的房间抓"特务"……楼房一日日长高，我们的笑声也一天天爽朗，融进了每一块砖，每一根梁……

淡淡的爆竹味中，我终于拥有了属于自己的小屋。和许多女孩子一样，我开始装扮自己的小屋。

初春，刚刚萌发的淡绿色小草将生机带进小屋；仲夏，倚墙斜靠的一株幽兰，吐尽醉人的芬芳；深秋，赤焰红云般的几片枫叶，火辣辣地在微风中摇曳；隆冬，伴着《一剪梅》的曲调，插一枝傲雪吐蕊的蜡梅。我的小屋浓缩了四季的天地。

深夜，我、爸爸、爷爷总是想着这三代人盼着的小屋。看一看外面闪烁的星星，星星知道我们各自的心，星星了解这人世的沧桑……

（指导教师：黄丽娟）

落叶·父亲·人生

周　宇

　　当七月的骄阳跑上头顶时，我和众多幸运者一起来到这所初中报到。前所未有的喜悦与年轻的冲动伴我开始了初中生活。

　　清风飘来时已是九月，日头不再那般毒，该是收获的季节。

　　黄昏时分我回家了，村头的槐树无精打采地耷耷肩算是对我的欢迎。

　　吃罢晚饭，妈妈收拾碗筷，父亲与我谈开了。我详细地讲述了这几个月的生活和学习情况。言语中充满毫不在乎的意味。他没有作声，猛吸一口烟，然后叹了口气，领我到后院。

　　月光异常清明，那如银的月光泼满了整个庭院，院中梧桐树沙沙作响，偶尔扔下几片残叶，在空中盘旋，久久不愿离去。

　　"这叶子当初多神气，终究掉下来了。"父亲又猛吸一口烟，我一片茫然。

　　之后的日子我无忧无虑地玩着、学着，偶尔的小测验甚至挂了红灯，我却满不在乎。放假我几乎不回家，整日看小说，打游戏机。优越感一直伴随着我，我总是想：我的学习还不赖。初三放寒假了，成绩单发下来时我愣了半天，这种成绩如何向家人交代。从进班时的前十名掉到班级倒数十名之列。我就这样傻乎乎地回到了家。

　　看到父亲我着实吃了一惊，他的须发皆已染上白霜，庄稼汉笔直的脊梁也让岁月压弯了。

　　这天晚饭后空气异常温和，院子里未化的积雪将月亮的光反射到墙上，分外地明。梧桐树上的最后一片叶子在暖风中盘旋下降着，终于落到了地面。

　　夜里我做了个梦，梦见冰天雪地里，梧桐树上长满绿叶，都咧嘴笑哩。

　　我明白从善如登、从恶如崩。在那以后的日子里我努力着，细细咀嚼着叶子的哲学。我在前进着，正像梧桐树知道冬天过后又是满身绿一样。

父亲说我长大了，我只微微一笑："我只是你的一片绿叶，永远也不落下。"他只是笑，笑展了皱纹，笑鸟了须发。

我品味着绿叶，品味着人生——要努力。生活，唯真才善，唯真才美，唯真才坚……

(指导教师：赵慧敏)

第一部分 心灵上的藤蔓

向书索取

向　蓉

有什么能比乘一叶轻舟在浩瀚的大海上漂行更让人心醉神驰，浑然忘俗的呢？那满载思想的小舟便是书。它带着我漂过知识的海洋，智慧的溪流，驶向诱人的港湾，神秘的小岛，未知的远方。

书真是个奇妙的东西，那上面一个个铅字就像一块块具有魔力的磁石，吸引人们的眼睛和灵魂。无论何时何地，只要一卷在手，便能使你忘却世俗繁华，融入别样的人间仙境。

自我初识"之乎"，就常常在炎热得令人烦躁的夏天，摆一张藤椅在电风扇下，随手拣一本清雅的散文，一页页慢翻，伴着风扇的风声，不一会儿，心静人自凉，渐渐进入清幽的佳境。也曾在那独处的假期中，白昼难度时，往阳台的沙发上一坐，只需一杯白水，一两样可口的食品，手执一卷好书，边吃边看，好不惬意。或是在那紧张考试后的空儿，烧壶开水的间隙，抽出解一两道数学题的工夫，赏一篇优美而豁达的诗文，这真是绝妙的休息。不过，最动人的，还是在临睡前的寂静时分，枕着松软的靠垫，借着孤独的灯光，沉浸于给人无限遐想的书旅，浑不知夜有多深，更有多长。猛然惊觉，往往已是夜阑星稀。

这些都是书给我的感动，它是我的良师，它是我最好的朋友。随着时间的流逝，它同我的情结不断加深，融入我的生活，与我同行。一首《采葛》我自幼会背，却未曾参透其意。直至初三毕业，好友依依惜别之后，回到清静的家中，窗外街灯昏黄，秋意袭人，我又吟起《采葛》中的那句"彼采萧兮，一日不见，如三秋兮"。瞬间，我分明觉出内心深处徒生的无奈与伤感。这一刹那，我懂了，我终于明白了什么是"采葛"，明白了什么叫友情，明白了什么叫意境，明白了什么是时间，什么是生命。

正是由于和书亲密接触，我才那么容易地穿越历史的隧道，知道了卧薪尝胆、苏武牧羊，常吟岳飞的《满江红》，范仲淹的"先天下之忧而忧，后天下之乐而乐"，于谦的"粉身碎骨浑不怕，只留清白在人间"……书，不仅让我的头脑日益聪灵，也使胸襟更加开阔，心情更加乐观豁达，更接近一个大写的人。

也许我并不是一个勤劳刻苦的人，往往不是抱着明确的目的去读书，却总能和它们结下不解之缘。这些亲密朋友们，在我快乐时给我以鼓励，在我痛苦时给我以安慰，在我高傲时给我以警策。与书同行，向书索取，我仿佛回到了童年，回到了一个没有惶恐、没有背叛的世界里。我很庆幸能够与书同行，在凡尘俗世中为生命留一块闲暇空间，供我毕生享乐无穷。

（指导教师：高晓平）

第一部分　心灵上的藤蔓

倾听风吟

晚 雨

生命如同夏花，是划过天边的刹那火焰。也不知在黑暗中究竟沉睡了多久，也不知有多难才能睁开双眼，执着地留下惊鸿般短暂的绚烂，即使是耀眼的瞬间后就是永恒的熄灭。

你听，耳畔呼啸而过的风声，他来自幽幽的无名山谷，他来自遥远的浩渺天地，他们传递着同样的声音：不虚此行呀！

三国时的羊祜曾留下这样一句话：人生不如意事，十之八九。这位用一生的清廉为自己赢来"堕泪碑"的高洁之士，也会对人生发出如此的感慨，但更多的智者选择了豁达与超脱：淡淡菊香中的微风送来了清新的"采菊东篱下，悠然见南山"；浓浓酒香中的山风带来了激越的"白日放歌须纵酒""须行即骑访名山"。

有幸拜读鲁迅先生的《铸剑》，我不禁想到，当干将遇到莫邪，该是多么无奈的感伤。《无间道》里有一句台词："有的时候，只有事情改变人，人改变不了事情。"这大概就是所谓的宿命吧。

然而，我并不相信这世上果真有因果轮回，记得《简·爱》的一句话"在上帝面前我们是平等的"。生命所赋予我们的意义不仅仅是一次旅行，更是一段乐章，需要自己谱写，需要人们传唱。生命是一支昂扬的歌，从容而不失慷慨，总是不断回忆起晚霞下的渔舟唱晚，江风里依稀袅袅歌声，"古今多少事，都付笑谈中"。笑谈中的人生不应有哀怨和忧伤。

我很高兴地发现李易安也有"九万里风鹏正举"的吟唱，人生正需要这种激情。辛稼轩醉后"只疑松动要来扶，以手推松曰：'去'"；黄鲁直有"老子平生，江南江北，最爱临风笛"。这些洒脱不羁的背后正是我所欣赏的人生态度。也许"醉袖抚危栏，天淡云闲"，就是这些豪士不拘礼节的真实写照。

余秋雨说，一道天光射向赤壁，于是诞生了前后《赤壁赋》的千古绝唱，可我更倾向于是岩壁下的清风勾起了诗人的豪兴，数千年天地的精华在那一刹那降落在他头顶上，连日的阴晦被一扫而空，微风送他放胆拥抱东方之既白。

　　都说人是历史匆匆的过客，我仍倔强地认为人是天边的月亮，虽有阴晴圆缺却"卒莫消长也"。人生难免有不如意，总会有嫩寒锁江，薄雾萦回的犹豫与彷徨，这时，豁达的人生观就是晚风中清冽的月亮，将照得海角澄澈，天涯皎皎。

（指导教师：徐红）

第一部分　心灵上的藤蔓

感 动

边 雪

　　翻书的时候，一片银杏叶悄然滑过。我弯下腰，拣起，仔细端详它清晰的叶脉和上面隐约的泪痕。这是小学同学送给我的，背面写着"朋友，珍重"。记不起当时是否有哭的冲动，而今，每每看到它总是泪流满面。

　　很长一段时间，我似乎已经忘记什么是感动，是内心冷漠还是我的心灵被一些不必要的东西塞得满满的、没有空间了呢？朋友曾经给我一句话："我们之所以会擦肩而过，不是因为无缘，而是我们的心灵缺少了两个字——感动。"的确如此，我们的心不再敏感，我们不再用心收藏身边的一丝一毫感动。只有当我们错过它，再回首时，才发现我们失去了很多很多……

　　总有人抱怨这世上令人感动的事越来越少。可是，只要我们静下心来想一想，就会发现，其实感动无时不在，无处不在。口渴了，同学帮你拿杯水是感动；高兴时，与朋友分享快乐是感动；平凡的日子里，收到一份小小的礼物，哪怕是一瓣花、一片叶、一声问候，也是感动。

　　在日升日落的每一个平凡的白天和夜晚，朋友的关心、亲人的叮咛、老师的教导，虽然没有太多华丽的语言，但是一个动作、一个情态、一个眼神，足以体现他们是爱你的。无声的关爱、理解，让我们真正体会到了心灵的感动。我们常这样说："人之所以会感动，是因为他生活在爱之中。"我们又有什么理由让忙忙碌碌蒙住我们的眼睛，而品尝不到感动的滋味呢？

　　感动是什么呢？每个人都有自己的答案。感动不是用嘴说出来的，而是用心体会出来的。正所谓：一切尽在不言中。她像初春的暖风，能融化心灵的坚冰；她像盛夏的浓阴，能消除心灵的烦躁；她像深秋的枫叶，能浸染心灵的底色；她像隆冬的白雪，能荡涤心灵的尘埃。感动，就是让心灵显露在灿烂的阳光下，去感受春风春雨，去感悟燕语莺声，去品尝酸甜苦辣，去体会挚爱深情。

　　感动，如熏人欲醉的海风。感受海风，我们的心会变得纯净而宽广。

　　感动，如沁人心脾的甘泉。畅饮甘泉，我们的心会变得澄澈而明亮。

　　感动，如静静流淌的小溪。倾听小溪，我们的心会变得安静而平和。

　　感动，如默默矗立的高山。注视高山，我们的心会变得庄严而坚强。

　　朋友，让心灵走出阴霾，走进阳光，让自己的心房来承载这足以让我们回味一生的感动吧！

（指导教师：周洪宝）

第一部分　心灵上的藤蔓

十四岁未央

王明智

站在十四岁未央，回忆往事，发现除了一个远离的背影，只有一个个断章等着我去继续。

——题记

岁月的年轮转了一圈又一圈，时间的碎片慢慢在眼前滑过。那些被记起的、遗忘的、开心的事慢慢在脑海中重现，不知不觉中，我即将告别十四岁。

夜静得出奇，只见蜘蛛独自纺织着属于它的七彩梦；杯中的咖啡腾腾地冒着热气，独自在空中轻舞，淡淡的，若隐若现。一种莫名的感伤涌上心头，我开始追逐着时间的印迹，回望过去我走过的路。

十四岁的我游走在现实与梦想之间，承受着现实的苦痛和梦想的美好的相互碰撞。渐渐地，在现实的社会中，慢慢世俗起来。习惯了用笑容掩饰一切，不愿过多地伤感。唯有在看电视、听音乐时才会常常地无端地感动，才会泪流满面。其实每个人都多愁善感，只有当背着心的负荷在岁月的流年中穿梭，才会感知到瞬间灵动的真实所带来的永恒的感动！

十四岁的我开始喜欢上了周杰伦的歌，他的曲调，他的歌词。他用碎碎念的语气唱着这个社会，用近乎含糊的语调"念"出被压抑的思想。在这个情歌泛滥的世界，Jay的歌仿佛一支箭，刺向人们的心底，然后，抖落一地的尘土。我固执地认为Jay是个超脱世俗的人，从上空看着这个世界，唱着这儿的现实……

时间在流逝，我依旧在成长，并学着坦然面对。

突然间，发现自己变了。对于父母，我多了份理解和关心。我不再对母亲的苦口婆心置若罔闻，我不再对父亲头上几丝银发熟视无睹。我开始学会承受，毕竟我已经长大了。"深情难自了，唯有碧云天"，抬头仰望，云影飘忽，有鸟儿飞过……

十四岁，依旧迷恋着阳光明媚的日子，依旧信仰着深蓝，依旧感伤着……

之后的记忆已模糊不清。十四岁，留给我的只是些零乱的记忆和未完的断章。之所以将这些记下来，是受了安妮宝贝的《八月未央》的启发，以留日后记念之用。

其实故事并不会停止/我们只是在等待/一直到许多年以后/才明白许多年以前的我/为什么会有那么多的沉默

还有明天，还有后来，还有故事有待我们去继续。

（指导教师：夏凤玲）

017

遗失的美好

任姝凌

我在这里要写三个人。

一

我一向对亲戚间的关系感到无所适从。他是我外婆的父亲，我自幼叫他老公公。

其实这个称呼也没叫多久，我五岁的时候他就死了。

他是我生命中第一个脱轨的人。

他死时已经九十岁。只记得那时已是深秋，我穿得圆鼓鼓的，风吹在脸上，很冷。阳光顺着窗棂泻进屋子里，可以看见空气中飘浮的细尘。青绿色的硬地坑坑洼洼。有很多的人，很多的花圈，他就躺在那里，平静安详。所有的人一个个排着队，绕着他走一圈作为道别。

我是疑惑的，他看上去与睡了并无多大区别，可大人们说是逝世了。我以后便见不着他了。

只是那时尚且年幼，生命刚刚展开画卷，并不理会死亡缺失的意义，因而也并不伤感。

二

爸爸的爸爸。从某些行为上可以看出他是个可爱的老头子。

比如与奶奶吵架，他一气之下离家出走，投靠爸爸。

这种行为足以证明人越活越小，生命是场轮回。

他住在另一个城市。我喝不了那里的水，有着浓重的漂白粉味，不习惯。

无意中翻看旧时的照片，我和他的。是在小时候住过的巷子里，他的头发已经发白了，而我还那么小，就那么一后一前地站着。他穿素色的中山装，我穿大红的呢子裙裤，脸蛋也被衬得红扑扑的。该是在某个黄昏，阴天；还有老式的大自行车靠在墙边。地面和墙角布满青苔。

时光便这样刻了下来。

不知不觉，我已经长大了，他无疑是更老了。

三

那时候，忽然就有了恐惧的感觉。

想到爸爸也会老，而他曾是那样英俊的男子呵，他曾经可以轻易地把我举过头顶，他曾经抱着我去买冰糕、在长桥上乘凉。

往事如洪水般泛滥，无声息，力量却绝不容人忽视，足以淹没任何一条脆弱的神经。只是一转眼，一恍神。"曾经"这个词具有多么独特的讽刺意味。

还记得小的时候爸爸与我谈话：他坐在凳子上，腰板很直，手放在膝盖上。他要求我立正站在他面前，手一定要紧贴裤缝，眼睛看着他，保持沉默，并且要严肃。他一点一点地告诉我，要与人为善，对长辈要怀有敬畏之情，谦逊，诚实，平和。这便是我对世界的初识。他言简意赅是个充满锐气的男人。而现在，我发觉他老了，发觉自己贪恋过往，发觉自己这样爱他，但什么也说不出口。

回忆在疯长，没有人教它适可而止。没有人知道潮水深处会是怎样的景致。我只是知道，在星斗与星斗交汇的地方，我要去把丢失的都找回来。

（指导教师：汪莉华）

读葬花的女子——林黛玉

刘 琼

　　她，是曹雪芹笔下最生辉的形象；她，是读者眼中最圣洁的天使；她，是大观园中最富才情的人物；她，就是那个流泪葬花的女子——林黛玉。

　　或许是过分偏爱林黛玉吧，读完了《红楼梦》，感觉就像读完了她的一生，而读完了她的一生，你会赞，你会服，你会哭。

　　赞她，是因为她的熠熠生辉。在千红万艳同聚的大观园，她那么光彩照人。她有才，她敢爱，在那个充斥着封建思想的社会里，她的行为彰显了她不同常人的勇敢。在那个女子无才便是德的时代，竟有这般聪慧的女子去触碰那被束之高阁的禁书——《西厢记》；在那个父母之命、媒妁之言的时代，竟也有这般青梅竹马的爱情感动人心；在那个人与人之间互相压迫的时代，竟也有这般善良的人，埋葬那凋落的花儿。赞美她，赞美她的与众不同。

　　服她，是因为她的才情。在一百二十回的《红楼梦》中黛玉作的诗词有二十五首，八种体裁，共一千六百五十九字，即使是同样才华横溢的薛宝钗也不过作了九首诗词，四种体裁，共四百四十四字。这只是数字上的统计，真正的水平还需在诗中才能体会。她的作品，文字优美，感情真挚。既有《秋窗风雨夕》抒发感情，又有《五美吟》吟咏感慨。那般才情恐怕是才子也望文兴叹了吧。服她，服她别具一格的才气。

　　为她而哭，是因为她悲情的命运。从小离开父母，寄居他人篱下的遭遇让她看到了人情冷暖、世态炎凉，即使是有对她一心一意的宝哥哥相伴身边，多愁善感的性格，又让她的泪珠常挂双眼。总是在想，是谁给了这样一个精灵如此的人生？多病多情，孤苦伶仃。她无力改变自己的生活，只是无奈地哭泣。她那么惹人怜爱，却不愿让命运怜惜。那篇哀婉缠绵、独步古今的《葬花辞》如泣如诉，将这个苦命少女的命运和个性融合在了一起。为落花缝锦囊，为落花埋葬，还要为她悲哭、作诗，这般举动今人没有，古人也不多见。她这样做，或许是因为她的命运就像那落花一样吧，"花谢花飞花满天，红消香断有谁怜？"伤心一首葬花辞，似谶成真不自知。为她哭，为了她悲剧的命运而哭。

读了她的一生，我赞，我服，我哭。那是一种心痛的感觉。"林黛玉焚稿断痴情"，"苦绛珠魂归离恨天"，这样的结局纵然是"玉带林中挂"又有何意义呢？

她的一生，让人不得不感慨那个时代的无情，不得不痛恨那个封建的礼教，不得不叹息——那个让人赞，让人服，让人哭的葬花女子——林黛玉。

（指导教师：刘桃）

第一部分 心灵上的藤蔓

四季的童话

黄柳瑶

如果春夏秋冬代表一个美丽的传说，那么，四季循环便是一个古老的童话。在这本经久不衰的故事中，聆听一串串迎着春风飘舞的风铃，聆听一阵阵夏雨打落的欢笑，聆听一声声秋实绽放的巨响，聆听一片片冬雪飘落的惊叹……

在那个美丽的春天，我独坐在敞开着的窗前，呷一口咖啡，品味着春、聆听着春的气息。窗外花团锦簇，蜂飞蝶舞，让人心旷神怡。细听，在那万绿丛中仿佛有无数的精灵在窃窃私语。春风姐姐也附和着，在神州大地上轻弹出悠扬的《春之歌》。

在那个充满活力的初夏，雨淅淅沥沥，欢快地笑着跳着，不带一丝悲伤，不带一声叹息。夏雨就是快乐的歌手，在你跌入深谷时，向你伸出援助的双手；在你不知所措时，帮你排遣心中的困惑。夏雨从不吝啬，它把每一个快乐的音符传递于你，而我们只需细心聆听，用心感悟。

在那些硕果累累的日子里，我漫步在田野上，聆听一颗颗果实破壳而出的声音，听它们对生命的表白。这一颗颗果实仿佛忍着痛，向天堂发出生命最初的呼唤。是的，它们孕育着生命，我们不也应该像它们一样？秋实永远是留给辛勤的人们最好的激励。

在那个白雪飘飞的寒冬，片片雪花伴着寒风踏着独有的韵律穿过灰白苍穹，飞临人间。它们似乎在诉说着美人鱼的奇遇爱情，细说着卖火柴的小女孩可怜的命运……只有读过冬天，才明白冬雪并不完全代表寒冷，其实亲情能使它融化，友情能使它沸腾。雪花又在轻轻飘落，我依然继续聆听着，我的思绪飘飞在茫茫的银色世界里。

聆听四季不老的童话，是一种幸福，它能吹走笼罩心头的愁云；聆听四季不灭的童话，是一种梦想的飞翔，它将把你我带到空旷幽静的原野；聆听四季美丽的童话，去到无尽的天空，飘到无边的海洋，然后捕捉人生的美好瞬间。

（指导教师：麦春锦）

第二部分

采撷世间最美的

朋友相处，"贵在相知"。真正珍贵的，是知心的朋友。他们是一群让自己轻松、愉悦的人。在人生中，不能缺少这样一类群体，否则自己的心灵将被压抑在狭窄的屋中。

——张博《"馈赠"知心》

采撷世间最美的

庄铃蓉

漫漫人生，我要采撷世间最美的——那弥足珍贵的——诚信。

那一棵被拦腰砍断的小樱桃树哟，如一枚永不流失的鹅卵石，如此清晰真切地躺在我的记忆之河里。仍记得华盛顿那幼小的心灵是怎样执着地选择了诚实，仍记得他的父亲是怎样地语重心长："孩子，樱桃树没了还可以再长，一个人如果失掉了诚实，那是多么可怕！"这位美利坚之父毋庸讳言拥有众多的美德，但为他赢得无数尊敬和信赖的诚实却是他伟大人格中一个耀眼的亮点。

拥有诚实，将紫色的灵魂袒露于广袤的天地，为自己交上一份无愧的答卷。

眼前又浮现出那个已渐褪入暮霭的《花市》，那位抱一盆仙人掌的卖花姑娘正在等谁，透明的汗珠与焦急挂在那张金黄色的脸上。多想能快快回家呀！可爷爷告诉她做人要守信用，刚才那位阿姨说要买花……等，一定要等下去！当阿姨出现在她视线内的那一刻，她笑了，那一刹，连金黄的夕阳也黯然；那一刻，她金黄色的脸绽成一朵最美的花。她是平凡的，她是无数飞扬着的鲜活的面容中的一张；她又是幸福的，守信的承诺不仅让她的花开放到更多更远的地方，而且让她明白了生活的定义，诠释了生命的美好。

拥有信用，握住这一束馨香的花朵，让他人快乐，更使自己陶醉。

诚信，世间最美好的。

它是小朋友将拾到的一分钱放在警察叔叔手里时脸上的欣喜，它是少先队员宣誓时眼中的闪光。

它是焦裕禄推开乡亲柴门送去的那一阵春风，它是孔繁森将藏族老妈妈冻伤的双脚焐进怀中的深情。

它是开国领袖面对新中国第一缕曙光作出的"中国人民翻身做主人"的

承诺，它是改革开放总设计师回望珠海碧波发出的"中国人民要富起来"的召唤。

诚信是诚恳，诚信是守信，诚信是一句承诺，诚信是许诺后的行动，诚信更是不屈的脊梁。

不要抛弃它，让我们用心采撷这世间最美的——诚信。

（指导教师：邓继盛）

027

方圆社会

余捷飞

方圆是几何中最常见的基本图形。外形上看起来他们是那么不同，但他们却都有一个相同的地方，那就是：约束性和对称性。而在这一点上，社会也跟他们具有相似性。画出标准的方圆来，需要规矩；而社会要进步，则需要法律。

法律在人类前进的历史上起了巨大的作用：古老的汉谟拉比法典开启了人类文明之光；秦王用法家严律治世，打下秦朝江山一统；高祖人关与民约法三章，奠定汉朝开国基石；诸葛丞相挥泪斩马谡，始令蜀国三军一心，敌于强魏。这些都不难看出法律的重要。

法律面前人人平等。古语云：王子犯法，与庶民同罪。想当初，身为万人之上的曹操，就有一段流传至今的佳话。当时，魏国有一军令曰：军中马匹禁止踏入田地，违者斩。一次，曹操不留神使马受惊跑入田地。曹操于是叫来主簿论罪。主簿以"古人云：罪不加于君"来为其开脱。而曹操却说：军令如山，不可不视；然军中不可一日无帅，故不能自杀。却回首挥剑割下一束头发掷于地。大家都知道，在古人心中，皮肤头发受之父母，与身家性命一样不可轻易糟蹋，可见曹操对法律的重视。也正是曹操法制纪律的严明和"天子犯法，与庶民同罪"的法律面前人人平等的思想，才维护了他的权威，成就了他的大业。

法律无情。人一旦触犯法律，必遭到法律的惩罚。曾经威风十足的胡长清，因巨额贪污被判处执行枪决。虽然案发后他追悔莫及，痛哭流涕地渴求："救救我这个大罪人，给我判个死缓，给我一个改造的机会，我永远铭记党的恩情，感谢党的政策！"但大错已经铸成，岂容他挽回？法律已经触犯必将遭到惩罚。正因法律的无情，才有了社会正义的保障！

法律有情。随着社会的发展，法律也越来越凸显出了他人性化的一面。

亚里士多德说，法治就是"良法的普遍服从"。事实上，只有制定得良好的——符合人性应该是良法的应有之义——法律才可能被主体观念越来越强的现代人们普遍地遵守和信仰。

法律的人性化越来越尊重人的权利，越来越"以人的标准对待人；把人当成人"。

所谓"以人的标准对待人"，就是要保护而不能随意剥夺人之所以为人的基本权利，就是要尊重而不能任意践踏人的尊严。这就要求国家保护全体社会成员的基本权利，哪怕他（她）具有道德上的瑕疵，哪怕他（她）正受到警察机关、公诉机关的指控。

其次，"把人当成人"就是不要把人当成神，承认人是有弱点的，承认人在某些时候可能失去理性，可能犯错误。因此，我们不能以"人性善"作为法律制度建构的出发点，不能把权力集中在某一个人、某一个部门上，而要"以权力制约权力、以权利制约权力、以程序分化权力"，不应配置不受制约的权力。

不以规矩，无以成方圆。不以法律，无以治社会。方圆社会，是人类文明史上的必经之路。

029

（指导教师：白爱萍）

第二部分 采撷世间最美的

美，无处不在

陈天歌

生活告诉我，美无处不在。

美，源于书籍的情感。

看到《满江红》中的"怒发冲冠"，我体会到正气而磅礴的美；看到《幻城》中樱花悄然无声地落下，我感受到凄凉而梦幻的美；看到《安塞腰鼓》中那撞开一切因袭重负的展现，我感悟到奔放而潇洒的美……书，也有情感，它给我的美是教育和启示，是留存于我脑海中的光辉一片。

美，源于拼搏后的甘甜。

奥运赛场上，女排姑娘们在连输两局的情况下策马扬鞭，奋起直追，争名次，夺金牌。一球、两球、三球……双唇紧闭，那是决心；两眉紧锁，那是毅力；上身微曲，那是迎战；腾空跃起，那是战斗。一局、两局……金牌离我们近了，又近了……一锤定音——我们赢了！奥运赛场上，王义夫每每举枪，更是举起了中华儿女的期望；每每瞄准，更是瞄准多年付出的收获；每每打响，更是打在中国人的心中！"砰！"夏夜的沉静在瞬间被打破——我们赢了！人人的心都如岩浆般滚烫，月亮的光焰也沸腾了！红色的热浪一波覆一波，胜利的呐喊一阵连一阵，蓄了满怀的激情在一瞬间如夏日的暴雨、激流、飞瀑迅急而来，兴奋与欢呼洋溢！那是美，是奋斗后的喜悦，酸苦后的甘甜。

美，源于品味内涵。

在读《女儿的河流》时，是品味，让我感受到故事中如珍珠般闪亮灿烂、珍贵晶莹的情感，这是如火如灯、足以使我们潸然泪下的亲情。是品味，让我感受到昨天的故事，今天的生活；生命的履历，精神的成长。是品味，让我知道严峻和艰难，而努力和时间也总是把新的太阳托起。这是品味内涵的美，细细咀嚼，如茶一般，越品越香；如酒一般，越品越醇。

美，源于聆听旋律。

跌宕起伏的旋律，变幻莫测。时而有小桥流水的清新舒畅，时而有旭日东升的激情飞扬，时而有树影婆娑的摇曳神秘，时而有繁星点点的静谧安详。闭目聆听，它如一条清澈的溪流，在心中缓缓流过，带走了焦虑烦恼、负担重压，只留下一片清新纯净、明朗舒畅。

美，源于书籍的情感，源于收获的甘甜，源于品味内涵，源于聆听旋律，源于生活中一切的一切。生活本是张白纸，只有用美点缀、渲染，才会有精彩岁月、缤纷人生。

美丰富了生活，生活又告诉我，美，无处不在。

（指导教师：吴晓文）

语文从我身边轻轻走过

王安华

生活中处处有语文，时时可以学汉字。朋友，你若不信，那就请看下面几个镜头：

镜头一：某蚊香的广告。先是一家子从夫妻二人开始，苦受蚊子侵扰，翻来覆去睡不着。再来个特写镜头：一只蚊子落在孩子额上凶狠地"锥"一下，孩子大哭。于是，一家人慌忙起来。妻子突然想起来，命令丈夫说："还不去买××蚊香。"蚊烟悠悠升起，蚊子飘落下来，一切又恢复安静。（打字幕）"用××蚊香，打造'默默无蚊'的世界。"

镜头二：这是一位老爷爷的八十大寿，宾客盈门，有的还从千里之外特地赶回来。席间，来宾们推杯换盏，一片喜气。来宾要老人儿子强饮。这时，只见大屏幕上正在播放某治疗痔疮的药品广告：生活水平提高，人们通常痔在必得，××药治疗各种痔疮，志在必得。老人孙子借此鼓励爸爸说："老爸，莫怕，志在必得，喝多没关系。"于是，热闹的气氛一下子下降了50度。

……

对于上述荧屏中的广告大家一定不会陌生。其实，只要我们留心注意，诸如此类"痔在必得""默默无蚊"的荧屏错别字还是比较多的。我不完全地总结了一下，主要有三种：一是广告发布者有意错用成语、俗语，什么"机（鸡）不可失""刻（咳）不容缓""吃一堑（只），长一智"等。目的是利用人们对成语的熟悉，搭"车"过"桥"，让人们很容易记住该广告。二是荧屏口语或有意、或无意读错音，此错以港台片居多。目的是达到搞笑的效果。三是打字幕出现的错别字。如有一家地方电视台把"部署"打成"布署"，等等。

平心而论，这些广告中不少创意还是很好的。但是出现的问题不容忽视。不仅镜头二中吃饭时间播放让人倒胃口的广告，让人生气，而且镜头一、二中篡改成语的做法，也应该批评。因为使用此类错别字，会带来三方面后果：一是使人们混淆汉字形与音的对与错，往往把错别字当作正确的字，产生语言运用的混乱。这一点尤其对青少年危害极大。我就是其中一受害者。以前我对"刻不容缓"这一成语还能正确写出来，可一看电视，马上就将"刻"写成"咳"或"克"了。二是对老师说的话产生怀疑。上课时，老师说，成语属于固定词组，不能随意改动。可是现在，电视上那么多……究竟谁对？三是危害严重。广告就是让产品众所周知，加上错别字的包装，特别是当今社会，荧屏是我们获取信息的重要来源，荧屏错别字对人们影响很大。有些错别字我们还有意使用，非要读错音，故意造成搞笑的效果。长此以往，也就对错不分，或是以错为对。

我常想，如果任由荧屏错别字泛滥，那么，不用多久，汉语将音非音、字非字了，语言运用只能用一个"乱"字概括了。看来，身边的错别字后患大焉，千万别让它们"从我身边轻轻走过"。

（指导教师：崔星星）

033

第二部分 采撷世间最美的

哪儿是月亮惹的祸

黄媛媛

浩瀚的星空常有一轮明月做伴，那皎洁的月光洒向大地，为行人指引着方向，为诗人提供了灵感，为孩童增添了乐趣。月啊！你就是世间一切美好事物的象征。

可有的人却说，月亮只是善于依附太阳的小丑，不能自己发光，不能自己做主，没有自己的光芒，没有自己的力量，她的一切一切都来自于太阳的施舍。太阳才是真正美的代表，她无私、奉献，月亮只不过是她的影子，附属品而已。我却要说，红花还需绿叶扶，若没有了月亮的衬托，太阳将失去她至少一半的光辉。是谁在夜晚不知疲倦地接替太阳神圣的工作，把光明继续播撒人间？是谁在夜晚不辞辛苦地替孩童们照亮，让他们尽情享受金色的童年？是谁在夜晚不怕孤独地守在老师窗口替他们送去阵阵清辉，抚摸他们斑白的双鬓？又是谁在夜晚孜孜不倦地给我们讲述青春的童话，为我们消除成长的困惑？是月亮，是那默默无闻的月亮啊！

自古月亮就是文人墨客笔下的寄托——"但愿人长久，千里共婵娟"，"我寄愁心与明月，随君直到夜郎西"，"二十四桥明月夜，玉人何处教吹箫"。月亮不仅是诗人情怀的寄托，更是传递思念的信使。如此重要的任务交付与她，她总能不折不扣地完成，可见其心诚与负责。月亮不仅是寄托情思的好帮手，更是情趣雅致不可或缺的主角——如此神圣的重任交付于月亮，谁还敢蔑视她的存在？

面对人类"都是月亮惹的祸"的流言蜚语，面对人类"千里共婵娟"的高度赞扬，月亮从不曾心动，总是守时地走上天际。月亮瘦了，月亮胖了，月亮暗了，月亮亮了——不变的是那份执着，不变的是那份纯洁。

早已记不清，月亮给我带来过多少欢乐。只记得儿时常在月光下嬉戏，有了她的陪伴，有了她的照耀，我的笑声更响更脆更欢乐。

假如没有了月亮会怎样？我不敢想象。我只知道，到那时，诗人会少了灵感闪现，行人会迷失方向，孩童会失去欢笑。

　　不要再说月亮是靠太阳生活的，是靠反射阳光生辉的。否则，我跟你急！

（指导教师：胡绍海）

第二部分　采撷世间最美的

独立与合作

汪玉亭

踏着青春的节拍，带着青春的风采，我们意气风发地迈入21世纪的大门。今天，我们在信息时代成长，阳光孕育着我们的希望，汗水见证着我们的成长。

自然而然地，我们在走向成功彼岸的道路上，经受了越来越多风雨的挑战。在挑战面前，我们认清了自己：我们还很幼稚，我们还很弱小。尽管如此，但我们更渴望独立，更希望能有一片自由的天空，摆脱束缚自己的枷锁。我们想告诉世界：我们长大了，我们能独立去闯了。

独立可以使我们更加坚强。我们知道：当我们面对挫折时，如果选择了独立，我们必须用几倍的努力、几倍的坚强才能承受。但倔强的我们宁愿选择经历磨难，也不愿去做懦夫。

独立可以使我们更加聪慧。独立思考与钻研可能会让我们通往成功的路更长一些，速度更慢一些。但我们不辞辛苦，我们不怕磨炼。我们知道：独立会让我们的思考更精密，更细致。

甚至有些时候，我们渴望独立只是因为求人不如求己。曾经看过这样一篇寓意深刻的文章：一个人因为遇到难事而到庙里去拜观音。令他惊奇的是，他看到观音也在拜她自己的那尊像，他去问为什么，观音一语惊醒梦中人：求人不如求己。

然而，并不是什么事只靠一个人的力量就足够了，许多时候需要团队合作才能成功。古语"一个篱笆三个桩，一个好汉三个帮"，说的就是这层意思。在原始社会，原始人必须在集体中依靠合作的力量才能获取食物，生存下去。今天，时代发展了，社会进步了，合作精神更见其重要作用。中国女排之所以能在第二十八届奥运会上获得冠军，不只是她们每个人刻苦训练的结果，更重要的是，她们有精诚团结的合作精神。

历史上的刘玄德善哭，人都说他的江山是哭来的。他在三国时期激烈的竞争中寻觅到了自己的一席之地，铸就了蜀汉江山。其实，蜀国的建立，除了刘备善"哭"的功劳外，还因为他手下有一群忠君爱国的将士。以诸葛亮为首的文臣武将团结一心，报刘备，忠刘禅，才演绎出历史上不可磨灭的三国故事。

　　这样看来，对于一个人、一个团队、一个国家、一个社会来说，独立与合作都不可或缺。独立还是合作，在学习、生活和工作中，我们要仔细斟酌，何时独立，何时合作，适当地把二者结合起来，这样就会扬长避短，裨补缺漏，取得事半功倍的效果。

（指导教师：温永恒）

"馈赠"知心

张博

朋友相处，"贵在相知"。真正珍贵的，是知心的朋友。他们是一群让自己轻松、愉悦的人。在人生中，不能缺少这样一类群体，否则自己的心灵将被压抑在狭窄的屋中。

因为知心，才有欢笑，才有不老的青春。我珍视这份真挚的友谊，愿它成为我生命中挥之不去的一部分，让我无时不感到快乐，感到充实。

生日那天，朋友们给我送来许多礼物与美好的祝福。我许下诺言，要永远珍藏这份感情。毕业时，我们彼此互赠照片，背面写上衷心的祝愿和电话号码，以便别后联系。

三年后的今天，当我无意中翻出那些沾满灰尘的照片时，一张张熟悉的笑脸，揭开我深藏的记忆。三年的时光，几乎遗忘了曾经的许诺。那份感情，让岁月无意间铺上了一层灰，好像在之前的某个晚上悄然逝去。

现实与诺言的背离，让我愧疚而又疑惑。时间打磨着我，逐渐让我明白友谊的真谛。当你真正结识一位懂得自己心声的朋友时，那份感情才可能被经营。孩提时候，所谓朋友，不过是童年的玩伴。成长进行着，在我开始在意且十分珍视友情时，才渴望赋予友谊永葆新鲜的神力。当我深处困境时，是朋友的宽慰，理顺了繁杂的心情；当我失意的时候，是朋友的鼓舞，让我重新撑起奋斗的风帆。

生活中不能没有朋友，因为他们是我的知音。如果没有知心的人来听你倾诉心声，那种压抑会让你茫然无措。我渴望得到理解，渴望身边总是有一群可以谈天说地的朋友，这是比什么都珍贵的。

记得一位哲人曾经说过："我可以什么都没有，但我不能没有朋友。"命运安排自己结识知心的人，这是上天给予我最大的恩赐。广阔天地间，有一个人能停下自己的事来听你倾诉，来与你共欢乐，共悲伤，这才是真正的友谊，它让你学会分享，学会无私。

　　其实，对于知心朋友，彼此就是对方最珍贵的礼物。在朋友的生日宴会上，我送上的礼物将是无比珍贵的，那是一颗用相知点缀的心。

（指导教师：陈凌云）

第二部分　采撷世间最美的

第三部分

竹林深处的歌

在这寸阴若梦的大千世界里，柔情似水的歌、荡气回肠的歌，都会令我陶醉，让我流连忘返。但有一首竹林深处的歌，却让我心扉洞开，满怀无限惆怅……

——林琪《竹林深处的歌》

爸，咱们回家

李喆慈

下了晚自习，我一如既往地走出学校，想在熙熙攘攘的人群中寻找那辆白色摩托，却发现一个熟悉的身影推着自行车缓缓向我走来。是爸爸！一身朴素的工作服，瘦削而矮小的身影，眼里满是焦急。我知道，他在找我。

周围的同学越来越多，我的心里却忽地生出一种自卑：满眼都是高级轿车，爸爸的那辆破烂不堪的老自行车，显得那么突出！我被巨大的羞耻感包围了，顾不得许多，慌忙掩着涨红的脸，只想躲开爸爸。

爸爸终究还是发现了我，他的眼里闪着喜悦的光芒。他见我不说话，还用手抹了抹自行车的后座。可是，我没有坐上去。"爸，我还是走回去吧，有个同学，跟我一起的。"我装作轻松的样子撒了个谎。他虽没说什么，但眼里的光芒却暗淡下去。"注意安全啊。"爸爸推车往回走，后座空荡荡的，一如他空荡荡的心。

在他转头的一瞬间，我又一次看清了他的眼神，是关切，是担心，是无奈，是失落……

我一个人走在繁华的路上，心里却满是落寞。本来可以搂着爸爸嘻嘻哈哈回家的，而我却丢下爸爸，只为那一时的虚荣。

天是那么黑，那么深，就像爸爸的眼睛。从小到大，爸爸一直爱用眼神和我说话。他说，这叫默契。有时候，我不明白他的意思，他便会抱起我，一个个教我："宝贝，爸爸眨一下眼睛，就代表'快乐'，眨两下就代表'成功'……"

可长大后的我，却开始讨厌这所谓的"默契"。爸爸眼神里不管流露出喜悦、快乐、生气，我都不会再像小时候那样用稚嫩的声音喊："爸爸现在很喜悦！"是的，我自以为，长大了，就该"独立"，就该和父母保持距离。

可我错了。我这样子，爸爸一定很难过。

"是的，爸爸现在很难过。"我轻轻吐出这句话。我多么希望，可以有个后悔的机会，那样，我一定会毫不犹豫地跳上爸爸的旧车，和爸爸一起回家。

"怎么一个人，同学呢？"我猛一抬头，爸爸奇迹般出现在我面前。我惊诧着说不出话来。"你怕黑，我想慢些走，看着你。"爸爸憨憨地笑了。

我什么也顾不得了，一下子跳上车："爸，咱们回家！"我抹着泪大喊。

"好，咱们回家！"爸爸跨上车，一路疾驰。

这一次，我分明看见，爸爸的目光里全是幸福。

我爱你，爸爸，让我们带上幸福一起回家！

（指导教师：楚亚飞）

第三部分 竹林深处的歌

竹林深处的歌

林　琪

在这寸阴若梦的大千世界里，柔情似水的歌、荡气回肠的歌，都会令我陶醉，让我流连忘返。但有一首竹林深处的歌，却让我心扉洞开，满怀无限惆怅……

老家一直都保持着一个习俗，大年初一必去给逝去的亲人扫墓。今天我们早早地来到山上，给逝去的亲人烧香。当一阵阵震天的鞭炮声结束后，我们一行人来到山顶的竹林里。这里的竹子郁郁葱葱，显得朝气蓬勃，是玩乐、嬉戏的好地方，可是也很少有人问津。在竹林深处，我看到一座破旧不堪的茅草屋，好奇心顿起，已无心继续游玩。过了一会儿，门微微开启，从里面出来一个老奶奶，她手里拿着鞭炮、香烛、纸钱等物品，朝更远的方向走去，岁月的沧桑吹乱了她两鬓的白发。我和妹妹便蹑手蹑脚地跟着这位老奶奶，去探个究竟。

走了几分钟，只见这位老奶奶来到一座坟前，坟上长满了野草。老奶奶烧完纸钱后，就走了。我和妹妹上前一看，墓碑上的字迹已经模糊不清，就像太阳终究还是抛弃大海而去，群星闪耀的时候偏偏少了它。青山隐去，岁月无痕。冥冥之中，我听到一首歌，从竹林深处悠悠地吹来："伤痕累累的人就在晚霞将要逝去，夕阳照在最后一丝云彩的时候，又准备向那心中永恒的梦想冲击，两行泪眼涟涟，无语……"是啊，这首属于竹林深处的歌，只有忧郁才能听懂，泪水才能收获；这首属于竹林深处的歌，正静悄悄地远去，无声无息。

忧郁化成沉默，悲哀在郁积。也许，没有人能读懂那位老奶奶心里的感受；没有人能理解她心中的伤痛。她面对近在咫尺的亲人，泪都深邃得忧郁，墓碑上湿湿的印记，应该是执着留下的吧！

我想，此时此刻，很多人都在享受团聚的喜悦，可是还有一些人正如老奶奶一样，独自仰望皎皎苍穹。我哼着那首竹林深处的歌，歌声传得好远……

（指导教师：郑晨坤）

第三部分　竹林深处的歌

"情书"风波

李 波

最近交笔友之风盛行，班主任老黄就此召开主题班会，以扼杀此风。

老黄站在讲台上大谈交笔友之弊端。"交笔友既浪费时间，又影响学习，我要求，全班同学不准交笔友，大家都应一门心思搞好学习。我听说我们班好像有人在交什么笔友。今天大家说说都有谁？"老黄郑重其事来了个长篇大论，全班哗然。"黄老师，这儿有你们班一封信。"校邮递员小张在教室门口说。老黄接过信看了看，眉头皱成了疙瘩。

"王洁。"老师叫道。

"老师，王洁请病假了。"班长鲁杰道。

"噢，对。这个王洁平时就没有认真学习。我早就看出她有问题了。这不，她所谓的笔友明显是个男生，看这信封上贴的是些什么呀，简直就是……鲁杰，拆开给大家念念。"

鲁杰接过信，原来是从河南寄来的，那信封上还贴了一颗醒目的桃心贴图。鲁杰小声道："老师，我觉得还是把这封信交给王洁比较好。""胡说！这封信很有问题，至于说什么'侵权'之类的，该侵的时候还是得侵犯一下，"黄老师严肃地说，"快拆开呀！"鲁杰还在犹豫。杨明见状小声道："鲁杰，你就快拆吧，说不定这还是封情书呢！"老黄瞪了杨明一眼说："杨明，还是你来念吧！"杨明从鲁杰手里接过信拆开，开始大声读起来："亲爱的王洁……"一听这个称呼，全班哗然，徐志明道："八成是封情书。"旁边几位同学点头称是。"安静下来！"老黄厉声道。而杨明却没再念下去。老黄说："没关系，大胆念。""快念啊！"大家着急了。杨明表情严肃地念起"情书"：

亲爱的王洁：

　　你好吗？谢谢你给我寄来的300块钱和文具。我永远都不会忘记你。我阿爸说，明天就送我去上学，我太高兴了。自从去年发生大旱灾之后，我便辍学在家。我是多么希望能够继续上学呀，可是家里没钱。那天"希望工程"小组来到了我家，给了我好几百块钱还有很多好看的文具，说是上海的一个学生捐的。我好不容易要了你的地址，给你写了这封信。

　　我们做笔友好吗？让我们一起努力学习吧！请速回信。

　　诚祝学习超群！

王虎

　　杨明念完了，全班同学先是鸦雀无声，然后都齐刷刷地盯着老黄。十几年来，曾有无数双眼睛盯着老黄看过，他从来没有像今天这样心虚过。望着一双双疑惑、责怪的眼睛，他有些不知所措。"好了，反正交笔友弊大于利。杨明，明天将信交给王洁，好了，会就开到这里，下面自习。"说完老黄狼狈地"逃"出了教室。

　　可是事情还没完。第二天早晨校广播站征得王洁同意之后，播放了河南王虎写给王洁的信。王洁的事迹很快在全校流传开了。校长对王洁的举动大为赞赏，并在中午的班主任会上表扬了老黄。老黄也是不亦乐乎。

　　然而翌日的校刊《希望周报》上却刊登了一篇名为"黄教师当众拆'情书'，众学子敢怒不敢言"的新闻评论，文章毫不客气地指责了老黄侵犯学生合法权益的行为。

　　捧着报纸，老黄的手颤抖起来。"我教了这么多年书，自认为很了解学生们，难道我真的不了解他们吗？"老黄愕然……

（指导教师：杜晓云）

背 后

徐 丹

一整天，我的心中都下着淅淅沥沥的雨。

好不容易熬到晚自习下课。我跌跌撞撞地回到寝室，有气无力地把自己扔到床上。我的脑子里一片空白，满心的委屈和愤愤不平。我习惯性地拿起了电话。

"怎么啦！又痛苦开了？"电话那头妈妈的声音并不很温柔，一如既往调侃我。我有些气恼妈妈的未卜先知。不需我开口，妈妈却似乎总能从我的呼吸中猜到我的心情。

"妈妈——"我在电话中大嚷了一句。

"噢，我知道了，学生会选举没有成功是不是？"妈妈很轻松地就点破了我的心情。

我并不感谢妈妈的"神机妙算"，反而一下子泪如泉涌。

"妈妈——"我狂叫一声，对着电话大哭了起来。

这通泪水，从我早上听到竞选结果开始，一直在胸中翻江倒海地忍了一天啊！

电话那头沉默了。我听到的只有我恣肆的哭声。

好久，我终于稍微平静下来。

"好了吧，先去睡，什么都别想，明天早上起来就好了。"妈妈的声音传过来，温柔了一些。

可是妈妈的平静又一次激起了我的愤怒。

"睡睡睡，我怎么睡！我付出了那么多，结果什么都没有得到，反让大家笑话我，你让我怎么睡？"

电话那头又沉默了。

好一会儿，妈妈的声音才从那头传来，但语气严厉了些。

"徐丹，难道你真的认为你一败涂地吗？"妈妈很平静。

"你敢报名，别人敢吗？"

我的心头跳了一下。我记起了，班上好多同学都想参加竞选，可最后敢报名的只有三个。

"你敢去准备，别人敢吗？"

我的心头又跳了一下。我想起了那些日子里昏天黑地的挣扎，做各种各样的准备，由此尝试了很多以前没有做过的事。

"你最后站在了学校的竞选台上，别人敢吗？"

是的，我想起了台下那些敬慕的甚至崇拜的目光。

我忽然好像明白了一点儿什么。

"徐丹，你接受了挑战，付出了努力，你已经很了不起了。不要忘记了背后，接受和付出的背后，看不见的，实际上你已经得到的东西。"

妈妈的语气越发地温柔和严厉。

然后，电话轻轻地被搁下了。

背后，背后……

我咀嚼着妈妈的话，突然有些明白。

049

不知什么时候，我发觉，脸上的泪痕已经干了。

（指导教师：严友凤）

地瓜的味道

林蔚然

总忘不了那甜甜的、糯糯的滋味，轻轻地咬一口，香甜便融化在嘴里，蔓延进心里……

寒冷的一天，它化成了一种期待。家门前不远的胡同口，有位大叔在张罗着卖烤地瓜的生意。远远地就能望见那个冒着热气的大铁炉，大叔正帮顾客挑着一个又一个大地瓜。人们付过钱后就迫不及待地掰开了那灰溜溜的"家伙"，一道金灿灿的光迸射出来。人们的脸上都溢满了如发现宝藏般的惊喜，没人愿戴着手套吃烤地瓜，也许在寒冷的冬天能亲手触摸到浸润于掌心的温暖也是一种幸福吧！

然而我此刻却不能拥有这种幸福。每每这时，我都会站在一旁的角落里第一百零一次叮嘱自己，下次一定记着带钱。我无奈地望望烤地瓜，带着满满的失落离去。

直到妈妈的出现——

那天放学，习惯性地朝胡同口望去。在离地瓜摊不远的报摊旁，我看到了一个熟悉的身影，是妈妈。我飞奔过去，向妈妈要钱去买烤地瓜，转眼的工夫我便捧着烤地瓜笑眯眯地向妈妈走去。"这么快？"她对我买地瓜的速度表示惊叹。我笨笨地剥开地瓜皮，一层焦黄焦黄的瓤露出来，咬下去，啊，真甜！外面的瓤是丝状的，有些嚼头，沁过蜜般的甜却丝毫不腻。里面的口感则大有不同，没有外面甜，但非常绵软，入口即化。对于我，更偏爱外面的一层，于是我就先吃里面的，外面的留着最后吃。结果由于乱啃乱咬，黄黄的地瓜泥沾得满嘴都是。我顶着满嘴"黄金"，傻呵呵咧着大嘴向妈妈笑。她有些惊诧："你这么喜欢吃烤地瓜？"我举起手中的地瓜皮向她晃了晃，我的确很爱吃。

第二天经过小摊时，想起昨日心满意足的吃相，想起烤地瓜的诱人美味，不禁在心里偷乐一下。今天虽吃不到，但"望梅止渴"总是可以的。带着一路对烤地瓜的幻想，推开家门，回到书房卸下装备。一眼就望见了暖气片上那个灰溜溜的"家伙"，"呀！"我兴奋地叫起来。大人们依旧各忙各的，但我早已明白其中包含着的关心。再次捧起"烤地瓜"，也是妈妈的"心"啊！付出是什么？默默付出又是什么？小小的地瓜让我体悟出什么是最伟大的爱。

可成长仅止步于此，还算不上真正的成长。第二天有一个爱吃烤地瓜却又老忘记带钱的孩子，出人意料地头一回拿上了钱，她跑去烤地瓜的小摊上挑了一个最大最甜的地瓜。她把地瓜搂在怀里，快快地跑起来，她要回家，把又香又甜的烤地瓜送给她的好妈妈。

（指导教师：蒋安宁）

051

你还好吗

易　敏

你最近还好吗？呼呼。

因为弟弟坚持要养你，所以你和我才有了三个月的不解之缘。

呼呼，你知道吗？你是我养过的最温驯的狗，你"善解人意"，我知道你听得懂我讲话。

你的毛是黑色的，记得你刚来到我家，才一个月大，好小好可爱。不过，那时我并没有很喜欢你，甚至想避开你。你长得好快，大约两个月大时，你照下了最可爱的一张照片，那是弟弟帮你照的。

你病了，不吃东西又不活泼。一开始，我们并没有在意，这现象持续了两个星期，终于引起我们的注意。在你很虚弱的那天晚上，我们决定第二天一早带你去看兽医。我心里很怕，很怕你挨不过一个晚上，我在心里不断地祈祷。第二天一早，被妈妈一声"啊，呼呼怎么了"吓醒了。等我反应过来是什么事情时，大叫了一声，心一下子沉了下来，压根就不敢去看你。庆幸的是，接着又传来姐姐的一声"呼呼没事，只是睡着了……"别提那时我有多高兴了，立刻从床上跑去看你。你被我们吵醒了，一脸迷糊样，有趣极了。我就知道，你不会那么脆弱的。带你去看兽医的路上，我骑车在前面，你奔跑追在后面。在繁杂的马路上，在危险的十字路口上，你都很安全。还记得，到了一个拐弯路口，我骑车快了点，你没看清我的去向，着急地往相反的方向跑去，我急忙喊住了你："呼呼，我在这儿。"你立刻转回头看我，在那一瞬间，我在你眼睛里看到了喜悦。回来的时候，我和妈妈去银行办事，只能把你绑在树边。让我感动的是，你能乖乖地趴在地上等我们。

有一次，弟弟带你出去走走，不小心把你给弄丢了。我立刻到楼下去找你，可是没找到。过去两天了，当我们以为你不会再回来的时候，你却又一次给我惊喜。我正要出去，刚打开楼下大门，便看见你高兴地摇着尾巴望着我，我呆了。呼呼，你终于回来了！你高兴地用前爪趴在我的脚上，好像一个撒娇的小孩。

可是分离的日子匆匆来到了。

妈妈把你带回给乡下的外婆家养。我不知道该怎么办，只能眼睁睁地看着你消失在我的视线里，只能在你走后伤心地流泪。

呼呼，你还好吗？

（指导教师：马海花）

第一次演出

闫 月

在我的记忆中，留给我印象最深的是第一次参加演出。

那是2002年元旦的时候，妈妈学校举办元旦晚会，邀请了一些校外人员参加，妈妈为了锻炼我，就给我报了名。放学回家，一听妈妈说让我去她们学校演出，我马上拒绝说："我不敢，你们学生都是大学生，我怎么敢在他们面前表演。如果演不好，那多丢人呀。"妈妈鼓励我说："没关系，任何人做事都有一个从不好到好的过程，你如果不去做，就永远做不好。你学舞蹈几年，也该上台表演了。我觉得你跳得挺不错的，咱们权当锻炼一下。"在妈妈的鼓励下，我答应了。

接下来，我和妈妈一起挑节目，我把这几年学的舞蹈跳了一遍，妈妈、爸爸都说我傣族舞跳得最棒，于是我决定跳傣族舞。一有空，我就抓紧时间练习。我按照舞蹈老师讲的动作要领，一遍一遍地练。妈妈则忙着给我租服装、买头饰。

一切准备就绪，可临到演出前我又胆怯了。妈妈边鼓励边分析说："你都准备这么长时间了，为什么要放弃呢？这次机会多好呀，世界上可没有卖后悔药的。做什么事都有第一次，你只有勇敢地走出第一步，才能看到光明的未来。"听了妈妈的话，我一想也是，胆量是可以锻炼的，我以前不敢回答问题，不敢在大众场合说话，现在不也敢了吗？我暗暗给自己鼓劲，有什么可怕的，我一定要跳出自己的最好水平。

到了妈妈的学校，我见到许多叔叔阿姨们，他们都说是专门来看我演出的，问我紧张不紧张，我说："不紧张。"实际上我心跳得特快，毕竟是第一次嘛。当主持人报幕说："五十六个民族五十六枝花，五十六个兄弟姐妹是一家，下面请特邀小演员表演傣族舞。"随着音乐的响起，我像一位真正的傣族姑娘一样翩翩起舞，台下不时地响起热烈的掌声，我跳得更投入了。

演出结束了，我的舞蹈得到大家的一致好评。我好高兴，我成功了。

第一次的感觉真美妙，这第一次，使我冲破了胆小的境界，是我人生最重要的一次锻炼。这次演出让我终生难忘。

（指导教师：商欣）

第三部分　竹林深处的歌

第四部分

走近老鼠的幸福生活

　　"你这个坏孩子，又给我们惹事了！""不要，不要！"正值午夜时分，正要睡觉的小米奇突然想起了白天发生的事情。——"哼，我恨透生活了！"这是米奇的第一句话。

——田泽阳《小米奇的奇遇》

走近老鼠的幸福生活

胡重达

清晨，柔和的阳光射入了洞穴。

我睁开蒙眬的双眼，伸了个懒腰。呵，又是一个美丽的日子！噢，忘了自我介绍，你知道我是谁吗？我就是曾经人人喊打的老鼠。不过，我现在的生活只能用两个字形容，那就是"幸福"！

拖着肥胖的身体走出洞穴，我闻到一股气味。凭直觉，我知道附近的垃圾场又来了佳肴。我循着气味欢快地向垃圾堆爬去，那儿有被抛弃的米饭、面条、大块大块的肉骨头，运气好时还可以吃到香喷喷的白面馒头。能过上这种幸福的日子，还得感谢人类，自从宠物受到人们的青睐之后，可恨的猫几乎都改行了。前辈们担惊受怕的那些日子，已经成为回忆。

不一会儿，我和同伴们笑着在垃圾堆里填饱了肚子。我们决定到菜市场溜达。哟！我瞧见了天敌——蛇。前几天垃圾场里的那几条可怕的大蛇也被关了进来。不过，我可不用躲躲藏藏的了，他早已被关进大笼子里，再也神气不起来了。他们在笼子里看着我，只能是一脸愤怒，一脸无奈。当初他们吃了我的兄弟，现在报应来了，哈哈！人们把他们捉来剥了皮、烧成汤，他们马上就要变成桌上的美味了。现在别说你吃我，说不定我还能沾点光，用你们的内脏当晚餐呢！

一晃一天过去了，天色逐渐暗下来，我开始往回走。总得带点夜宵回去吧！于是，我向玉米地进军，准备捎点玉米带回家做早点。不料，"叭"的一声枪响，吓得我直冒冷汗。伸出头一看，啊！一摊血。再一看，一个猎人正笑眯眯地提着一只还在喘气的猫头鹰呢！他已经看见我了，用他那锐利的眼睛看着我。嘿嘿！还想用锋利的爪子抓我吗？可是你现在再也飞不起来了！猎人提着猫头鹰走了，大概又去换钱了吧！

我拖着玉米回到洞穴，累了一天的我很快进入了梦乡。我做了个梦，梦见自己长得膘肥体壮，人见人怕，竟然成了世界的主人。这也不能怪我，只怪人类太愚蠢，谁叫他们为我们铺好了"光明"的道路，哈哈……

（指导教师：蔡英华）

小米奇的奇遇

田泽阳

　　"你这个坏孩子，又给我们惹事了！""不要，不要！"正值午夜时分，正要睡觉的小米奇突然想起了白天发生的事情。——"哼，我恨透生活了！"这是米奇的第一句话。

　　小米奇是苹果小学三年级的学生，性格开朗活泼又很调皮，因为多次"闯了祸"被老师批评了，家长也是用"不打不成材"的方式教育他，这样一来小米奇就有了逆反的心理，上课不认真听讲，作业也不仔细完成。同学们由疏远变成了嘲笑，甚至同桌的小雷姆也开始用背后说坏话的方式引发同学们的笑声。有一天，小雷姆正在教学楼的后面一边做着滑稽的动作，一边用嘲笑的口吻学着米奇的样子逗同学们大笑。米奇本来打算玩篮球，因为好奇干脆抱着篮球径直走向教学楼后面。"我是米奇谁愿意揍我，我奉陪！"雷姆正在夸张地模仿小米奇（小米奇其实并不是这样的），这时米奇闪电般的出现在大家的面前——由于气愤过度脸被憋得通红，两只眼睛忿忿地盯着雷姆，同学们趁机一哄而散，"我揍你！"米奇已经动手了，他把篮球砸向雷姆，使雷姆失去平衡，完全没有反抗的能力，然后米奇顺势给了雷姆一巴掌，雷姆被打得鼻子直流血。这时老师突然出现在这场"战斗"中，及时把小米奇拽开。"米奇，你敢打人！"老师训斥着。接着雷姆被救护车送进医院，米奇也被"气势汹汹"的家长提着耳朵回到家。"你这个坏孩子，又给我们惹祸了！""看我不揍你！"米奇的母亲厉声教训着他，说着便拿起了鸡毛掸子，挥向可怜的小米奇。米奇的父亲也怒不可遏，虎视眈眈地盯着他。"不要，不要！不要打我，爸爸、妈妈听我说……"

　　小米奇越想越生气，于是他便要离家出走。"我恨透这里的生活了，离开、离开！"小米奇正要逃出家门，忽然间，小米奇一直梦见的智慧仙女和智慧爷爷乘着雪白的云朵从天而降，他们笑容可掬地站在小米奇的前面，挡住了他的去路。

　　智慧爷爷："亲爱的孩子，你要去哪里呀？"小米奇："我要离开这个令人讨厌的地方，我烦透了这里的生活，在这里我得不到快乐，没有老师表扬，没有家长的夸赞，更没有同学的友谊，只会有烦恼。"

　　智慧仙女微笑着对米奇说："米奇啊，其实生活很美好，你只是没睁大发现的眼睛。"小米奇辩解道："不，生活本来就不完美。"智慧爷爷插话了："是啊！所以才叫你去学会弥补那剩下的完美呀。"米奇问道："那我怎么弥补？"智慧仙女回答道："没有嫣然绽开的花蕾，便没有四季宜人的温馨；没有潺潺流过心的微笑，便没有人生的洒脱！微笑的人生是美丽的，生命有时只需要一个微笑，让你在微笑中体验生活。它像苦咖啡一样，越仔细品味它越觉得香。懂了吗？亲爱的孩子！"小米奇信服地点了点头高兴地说："那就是说，我微笑着面对学习，学习就会好起来；微笑着面对同学们，同学们就会和我一起玩儿吗？"智慧仙女微笑地点点头："是的，孩子，珍惜你的生活，你的未来是美好的！"

　　　　　　　　　　　　　　　　　（指导教师：范红伟）

第四部分　走近老鼠的幸福生活

大师的画

喻晓平

莫千之画得一手好画，在国内外享有盛誉，但人已过六旬，却无一门徒，这是他的一块心病。虽然拜师者络绎不绝，可莫大师并不想随便收徒，他想物色一个真正合适的弟子，而后将自己生平所学倾囊相授。

一日，几个年轻人来到了莫大师的工作室。初见德高望重的大师，他们不由得紧张而谦恭，生怕在大师面前显得浅薄鄙俗。大师微笑着，捋着胡须说："我老头子都被搞得神经兮兮的了。你们怎么还立着不动？"大家都笑了，气氛也缓和了许多。

大师领着大家参观他的画。人物各有神韵，山水笔锋雄健，素描笔法流畅，大家不禁啧啧称赞。每个人都不免发表一番宏论，争相表现自己。莫大师始终微笑额首，有时也应上一两句："你们有不同的看法是自然的，因为每个人对艺术都有自己独到的见解，这也包括对我的画作的批评。"

大家这时走到一幅画前。这幅画在众多的画作中显得很特别：一座简陋的屋子，屋子周围有几棵树，小屋顶上烟囱正冒着白烟。画的左上方有一弯弦月，几颗星星，几抹浮云。线条弯弯曲曲，月亮还无端地生出个小杈，与周围的画显得很不协调。

"我觉得这幅画以简洁的笔法为我们描绘了一个世外桃源般的意境。"其中一人说，"其中蕴含的对自然的无限向往尤其令人感叹，不由得勾起我们深藏的情感。"他说完后，大家都望了望莫大师，大师依然是一脸的微笑，不否认也不赞许。

又一人说："刚看到这幅画，我就被烟囱冒出的缕缕炊烟深深地吸引了，深夜为何燃灶？等候夜行未归的丈夫，还是有陌生人求宿呢？留给我们的是无尽的遐思。"众人都点头称是。

第三位说："我想，画中想表现的应是一种人性的回归和对自由的渴望吧！那颤动的笔法勾勒出的曲折的线条表现的正是现代人颤动的心灵。"

大师还是不语。

又一个人淡淡地说："我认为这幅画的笔法很拙劣，根本谈不上灵气和美感。若是大师所作，那么它就是大师您的败笔。"众人惊愕地望着他，大师的画怎么可能如此呢！

莫大师捋须笑道："这幅画确实很差，它是我的小孙子胡乱画的。"不久。第四个人成为大师的衣钵传人。大师说："艺术是要远离虚伪的。只有真人，才会有真的生活，才会有真的思想。"

（指导教师：常昌勇）

我的最后一天

栗穗冬

金色的秋天，金色的笑颜。

金色而明媚的阳光照醒了活泼可爱的我，我看着那些姐妹脱离了母亲，在翩翩起舞，羡慕极了：我真想能快点像其他姐妹那样，自由地跳舞。

这一天终于来了。经过妈妈的许可后风爷爷把我领走了，跳了一夜的舞后，风爷爷就把我送到一个富人家的门口。初离母亲的我，冷得瑟瑟发抖，还有我的好些姐妹也在那儿，我们刚想歇会儿，那家主人走了出来，大腹便便，头发梳得溜光，才走出来，我就闻到一股铜臭味。一看就是位暴发户，我们满以为他会给我们找一个好去处，谁知他一点裤脚扇动的风就把我带到三米开外的大街上，见还有很多我的姐妹，他眉头皱了皱，用那双名贵的皮鞋几下子就把我的姐妹们连踢带扇地弄到大街上，把我们姐妹都弄疼了，有几个姐妹的脸和衣服都被弄破了。然后他才看看那锃亮的皮鞋，扯扯本就很平整的衣服，扬长而去。我们都气坏了，都诅咒这家伙的那双臭鞋和那套用以臭美的衣服被小老鼠咬破。

我们在街上又冷又渴。正在叹息之际，突然远处传来刷、刷、刷的声音，好像还下起了小雨，我仔细一瞧，原来是一位阿姨正在洒水给我们解渴，然后她再用扫帚从我们的身体上轻轻地划过，像生怕弄疼我们似的。这样，尘土不扬，清清爽爽，又把我们姐妹聚在一起了；接着，她才把我们从冰冷的水泥地上铲到她的手推车里。我们在手推车里还认识了许多新朋友：废纸姐姐、果皮妹妹、塑料袋哥哥、烟头弟弟……大伙在车里谈天说地。到了垃圾站，阿姨把我们又全都倒了出来，重新把我们分开，塑料袋哥哥在一边，罐子伯伯在一边……突然间又有几滴水落了下来，咸咸的，涩涩的。我抬头一看，阿姨已是满头大汗，正在小心地包几节废旧电池，以前我就听说废旧电池要进行专门处理，否则会污染环境的。望着忙个不停的阿姨，我感动了，阿姨把我们分好类后，我也就找到了归宿。我知道我的生命就要结束了，将腐化为泥土。但不知怎的，我却一点也不伤感，或许是为阿姨的辛勤劳作所感动吧。

看着阿姨远去的背影，我突然觉得她像大地的女儿，为母亲清除脸上的污垢，使母亲光彩照人。如果说世界上有一个人能听到天空哭泣的声音，那个人一定是她。因为天都知道她们无怨无悔；她们将在自己的岗位上守住那份沉默。如果说生命只是一个不能重复的花季，那他们便是一朵永不凋零的春花。如果说绘画是一门艺术，那就让人们永远记住清洁工人才是一位伟大的画家，他们的画是世界上独一无二的！

（指导教师：段建兵）

第四部分　走近老鼠的幸福生活

醒 悟

潘文渊

我是一条金黄色的小鱼儿，和众多的兄弟姐妹一起，生活在一条清澈的小溪中。白天，我们追逐嬉戏，吐出一圈圈晶莹的小水泡。傍晚，我们又依偎在姥姥的旁边看天边的落日，听姥姥讲述那些古老的传说。每一天，我们都像生活在快乐的天堂。

一天傍晚，我和小伙伴们正在芦苇丛中游戏。突然，天空划过一道闪电，刹那间，美丽的落日无影无踪了，雨儿淅淅沥沥地下了起来，与此同时，一种很浓烈的、怪怪的味道扑鼻而来。不知不觉间，一种不祥的预兆袭上了我的心头。

第二天清晨，我还在睡梦之中就被一阵喧哗声吵醒了。我不情愿地睁开了双眼："你们干什么？吵死了！""哎呀，你怎么还在这里？"鱼博士大声说道："快走吧，不然就会死掉的。""为什么？""别问那么多，快走吧！"和人类一样，我们鱼类也只有一次生命，我珍爱自己这仅有一次的生命，我害怕死亡，我决心离开这里，可是……

这时，我看见鱼们正向我招手，只好一步三回头地向他们游去，最后看了一眼我可爱的家园。

离开了家，剩下的便是流浪。

我们到过了许许多多的地方，可是每次总由于某种原因被迫离开了。一天一天飞快地过去了，我们经历千难万险终于找到了安身之处。但是有很多的兄弟姐妹因经受不住途中的辛劳，悲惨地死去。现在的幸存者也寥寥无几。

我们刚刚在这里安家的第一天，表姐就来约我玩，我们一起在水中游来游去。这时一张大网从天而降，等我明白过来，才发现自己已经被网套住了。表姐在网外大叫我的名字，我慌张地抬起头来，看清抓住我的是一个调皮的小男孩儿，我便晕了过去。

等到我醒来的时候，我已被关在一个透明的鱼缸中。我伤心极了，这里什么也没有。回想小溪，回想夕阳下的故事，那一切是多么美好啊！

人是最聪明也是最愚蠢的动物，他们污染环境，肆意抹杀、破坏自然，难道不知道他们正在慢慢消灭自己吗？

人类啊，为什么还不醒悟呢？

（指导教师：施桂雁）

求 画

熊秋忆

山间朝晖夕阴，变化万千。倏忽间，烟雾在山间飘忽起伏，浓妆淡抹下的山美丽无比。少顷又烟雾散尽，暖阳照射下的山仍美丽异常。风儿吹过，水面波光闪闪，如游动的鳞甲缓缓而至。风儿停息，清澈见底，游雨细石，清晰可见；水面晶晶然如镜之新拭，倏忽间，烟雾缭绕，水面又是一番人间仙境。美景总是在不经意间闯入眼帘，是那么虚幻而真实，却又随意而至。

画师和他的朋友们来这座傍水的名山已经三天了。数日前，皇帝突做奇梦，梦见巴国有奇山异水，风景美丽异常。但醒来后却懊恼不已，无法留住那梦中的美景。于是，宫中画师奉命出京，来此作画。只为能画出皇帝梦中的山水。

三天来，画师时而远眺，时而沉思，却始终不下笔。只任身边的同僚埋头苦画，画了一幅又一幅，扔了一张又一张。

第四天，凝思中的画师发现眼前的山水，不再是"此地烟霞多"，也不是"殷勤竹林寺"，也不是"上林花满枝"。前人烙印在他心胸中的诗文画例，好像一下子都消失殆尽了，他闭上眼，似闻猿啼而沾襟；若望寒月而倍思……画师抚掌大笑，对着山水三拜，云：山无定形，水无定格，如梦之无定数，若技之无定法。

于是，画师铺纸研墨，振臂挥洒。略扫几笔，云霭霭、山苍苍、树蒙蒙、水茫茫；或肃然或萧条或明媚，自然万千均跃于纸上。信手泼洒，全无定格。洋洋洒洒数十幅，幅幅不同，却张张洋溢着山水意态。一卷《嘉陵山水》顷刻而就，画风技法异于前人：形在意之外，意在形之内。

皇帝选画。众多画作皆不中意，唯钟情《嘉陵山水》！

好事者问：为何《嘉陵山水》独受青睐？

皇帝答曰："此画虽非我梦境再现，但却画出梦中山水之魂魄！山光水色，变化万千。画，又安能拘泥于定格？画有形易，画无形则难。众人的画，或败于拘谨，或流于形式，技法传统而无己长。他们不是在画山水，而是在画宫宇啊！若要成就我梦中的好画，则必当突破死板而规矩的画技，将形先得之于心，而后赋予它神韵！"

（指导教师：牟安丽）

069

我是一片叶

魏冬哲

秋天悄悄地离去，冬天静静地到来。无人注意，也无人过问，我——一片叶的生命为什么如此短暂。风把我从大树母亲的身上轻轻地吹了下来，我飞呀飞呀，不知要飞向何方。

我是一片叶，虽然无人知晓，无人关心，但我并不孤单寂寞。我虽然离开了大树母亲，但我有伟大的使命在身。我不能畏惧一时的痛苦，而放弃一切。虽然我是一片简单的叶，但我有并不简单的梦想：我要做自己命运的主宰，把自己的一切献给可爱的人们。

春天，我使劲地从大树母亲的怀抱里挣脱出来，因为她太爱我了，为此还惹得她伤心了好多天。我尽力地吸取阳光，吸取雨露，吸取一切可以使我长得更大更美的东西，我要用自己的绿来装点人间的春色。

夏天，我长得足够的肥厚宽大，我和我的兄弟姐妹们密密麻麻地紧靠在一起，织成一张大大的凉棚，供人们在树下乘凉休息。我们快乐地和人们嬉戏，逗得人们开怀大笑。我虽然只是一片小小的叶，但我为能给人们提供舒适的环境而感到欣慰。

秋天，我看起来已没有春天那样富有生机和活力，也没有夏天那样活泼和热情，但我并不自卑，因为经历了春夏的历练，我已变得更加成熟和达观，我就要完成自己的历史使命，我就要去拥抱我的大地父亲。我将会和我的兄弟姐妹挤在一起，共同织成大地父亲的新外衣。

冬天，是我最最痛苦的时刻，我仍然没有忘记自己的使命——为人类造福。我们焚烧自己，腐烂自己，奉献自己，为了让大地有更丰盈的收获，我们贡献我们微薄的力量使土壤更肥沃。

明年春天，我将会以另一片新叶的形象出现，到那时，我依旧是一片简单的叶，一片平凡的叶，一片无人知晓的叶，但我不会抱怨什么，因为我能够做自己命运的主宰，把自己的一切奉献给人们，让我的人生更辉煌。

（指导教师：姚军霞）

第四部分　走近老鼠的幸福生活

解读幸福

李春晓

夜，如此静谧，几颗星星悬在空中满含笑意地眨着调皮的眼睛，我似乎迷茫了，蓦地内心深处涌出强烈的渴望，幸福是什么？我幸福吗？

我坐上光速电车，风驰电掣。穿过一片竹林，隐约看到了房子里透出幽幽的光，我轻轻地推开门扉，看到了"人比黄花瘦"的李清照。秋夜无语，房檐下那怒放的菊花吐着幽幽的暗香，泪迹斑斑的红烛最终化为灰烬，隐藏在夜色中的临安城此刻寂静无声。她为我泡了一杯清茶，当我问她幸福是什么时，她向我娓娓道来。幸福是初见那人时回首把梅嗅的娇羞，幸福是和丈夫沉醉在金石录中的快乐时光……我清晰地看见，她的双眸涌出了幸福的泪花。我恍然大悟，幸福是美好的回忆。

天亮了，我来到了波涛滚滚的汨罗江畔，怒吼的江水见证了一个不屈的灵魂。迎着清风挺立在江边的那人不正是屈原吗？他脸上深深的皱纹犹如时光在他脸上刻下的道道字符。见我来了，他满含笑意。他递给我一本厚厚的日记，告诉我里面有幸福的答案。我花了一天的工夫看完了这本书，我领悟到：拥有青春才能实现自己的抱负，拥有青春是莫大的幸福。我告别屈原，踏上征途。心中铭记书中的那句话：因为年轻我们可以灿烂地笑，伤心地哭；因为年轻，我们有满天星斗下细数繁星的闲情逸致，有指点江山激扬文字的壮志豪情！

在一个星光灿烂的夜晚，我清晰地看见了卖火柴的小女孩，她的叫卖声无力地在空中回荡，她无助的眼神，瘦弱的身躯，激起了我无限的怜悯之情。我把她领进客栈，与她边吃边聊。望着她冻得通红的脸，攥着她那冻僵的小手，我不禁潸然泪下。当谈到她的家人时，她眼泪如断线的珠子，夺眶而出。她说最大的愿望就是让奶奶过上好日子。此情此景，她想的竟然不是自己？！我愕然了，我不禁想起了自己，下学回家迎接自己的是热腾腾的饭菜和父母灿烂的笑脸，上学路上一路陪伴自己的是父母的声声叮咛，而自己从未有过半点感恩之心……我顿时明白有父母的疼爱是莫大的幸福，理解父母也是巨大的幸福啊！

后来我回到了家。一切都在睡梦中。我将一路的收获记录下来。我惊奇地发现：幸福无处不在，拥有就是幸福！

（指导教师：王淑英）

第四部分 走近老鼠的幸福生活

第五部分

成长的心情

十六岁的花季如同女神一般，静静地、温柔地来到我的身旁，从此我的天空满是星光月影。拾一缕思绪点缀我的天空，开始编织绚丽的梦：梦到巍峨的山峰，梦到广阔的草原，梦到莫高窟，梦到……女孩追梦，没有一丝犹豫，没有太多牵挂，没有"楼外垂杨千万缕，欲系青春，少任春还去"的哀思，没有普希金"青春的年华会匆匆逝去，心灵的火焰会变得冰冷"的悲情。女孩只知道外面的世界阳光旖旎，细雨轻柔。女孩没有豪情万丈，却是执着如斯，知道阳光总在风雨后。

——曹丽云《成长的心情》

小草正在成长，请勿打扰

姚牧云

六月的天是蓝的，无边无际，万里无云。就是这样非常好的天气，我在沿河路边散步，迎面而来的是淡淡的芳草气味。

草地有一种让人舒心的绿，那是生命的绿，绿得那么有活力。

可是，那种迷人的绿色却在草地的中间戛然而止，有一片光秃秃的黄土暴露在草地的中心，那是荒芜与无助，是沙漠的颜色。

那是正对十字路口的地方，跨过草地，就是四通八达的马路，而要绕过草地却有很长一段路。因此许许多多的人就抄近道，直接踏着草地走过去了，或搭车，或走向另一条街道。我能看到无尽的人海将它们吞噬进去，融在那一大片脸上带着匆忙神色的人群中。这时，我看到一个保安朝着我走过来，身后一个同样神色匆忙的男子，他绕过我踏上草地消失在十字路口，而保安一言不发，没有阻止他，似乎见怪不怪。我有些疑惑，站在草地前，茫然若失。

这时，我想起鲁迅先生的一句话："世上本无路，走的人多了，也便成了路。"原来还没有什么感想，现在一想，一抹苦笑浮现在嘴角上。是啊，走的人多了，也便成了路。

真是哲理啊！这些不讲公德的人多了，就自然而然地把供人欣赏、美化环境的草地变成了路。

看着草地中间那块突兀的黄土，我有些战栗。

是否很久以前，沙漠里也有这样美丽的绿色呢？是不是也是这样充满生机的呢？后来，这片生机勃勃的土地上有了人，人们就开始破坏绿色，无节制地开垦，绿色一点点消失，生机渐渐逝去，最后只剩下无望的黄沙。

是不是这样下去，这片草地也会消失，是不是紧跟着绿色也会消失，是不是这里也会变成沙漠？

076

我不敢想下去，我怕答案是肯定的。我听说过一句叫"吃一堑，长一智"的话。人啊！你们已经受到了惩罚，为什么还不知悔改呢？我疑惑。

　　这时，我想起这样一句环境保护的标语，我想把它送给那些站在草地边正准备踏上去的人。

　　"小草正在成长，请勿打扰"。

（指导教师：薄爱萍）

都是长大惹的祸

石洁洲

小时候常常盼着自己快快长大，认为长大了就可以自由了，不受束缚了。现在才发现长大也是一种烦恼。

白驹过隙，转眼我已经成为一名初中生了。我必须放弃我的电视，我的音乐，我的小说和我的漫画。那条褪色的红领巾和伴我成长的洋娃娃也都光荣地进了"历史的百宝箱"。

在家里，我是标准的小公主，家务事一窍不通。每当我尝试着做某件事时，招来的是父亲的责怪："你也不小了，该懂事了。要知道读书才是你唯一的出路，快去做作业。"天哪！难道我在这个世界上唯一的任务就是学习吗？老师不是说"三百六十行，行行出状元"吗？

唉，都是长大惹的祸！

在学校里，我是一只无奈的鸭子。老师打开我的嘴使劲往里塞东西，不管我是否吃饱，也从不问喜不喜欢。老师只听得上课的铃，听不得下课的铃。"丁零零……"下课铃声响起，可讲台上的老师浑然不知，依然沉醉在自己的"独角戏"中。向后一望，早已是"赤地千里，颗粒无收（首）"了。"还有四分二十五秒。"后面男生精确报时。数学老师终于开始他的结束语："好了，这节课就到这里，不过有一点我再提醒一下……"好不容易送走了 x y z，还想好好利用这"浓缩"了的课间十分钟，谁知，素有"笑面佛"之称的化学老师走进了教室，他拍手示意我们静下来。"同学们，今天我们学习……"前排的语文课代表不禁伤感地吟了起来："问君能有几多愁，恰似一江春水向东流。"

唉，都是长大惹的祸！

"啧啧啧……看见了没有，人家语文考了第一，真看不出来。"几个女生在我身后指指点点。天哪，难道我就不能考第一吗？在回寝室的路上，总觉得背后有一双眼睛盯着我，不时投来怨恨的目光。我刚想回过头去解释，可好友把头一转和别人走了。都怪我抢了她的第一名，不然至于沦落到孤家寡人的境地吗？

唉，还是长大惹的祸！

长大的感觉真烦恼。

犹记得那时年纪小/你爱谈天我爱笑/风在树梢鸟在叫/不知怎么睡着了/梦里花落知多少……

（指导教师：张少彬）

破茧为蝶

金媛媛

虽然我生长在江南水乡，却并不喜欢蚕。它们太愚蠢了，又太贪婪了，一孵化，便只知道拼命地啃食桑叶，长大后，甚至吐丝将自己裹住。作茧自缚，不正是自找麻烦，自陷困境，极言其不慧吗？

偶然的一次机会，我因朋友之托不情愿地开始养蚕，才让我改变了对它的看法，并刮目相看了。

从黑珍珠般的蚕卵，到肉嘟嘟的蚕儿，吸取了桑叶的汁液与营养后，便吐出晶莹华丽的丝将自己密密包围，织成厚厚的茧，最后艰难地把它咬破，化蛾产卵，翩翩飞舞。我洞悉其生命的每个环节。

古人就有"春蚕到死丝方尽"的美誉，我作为后来者，也实在应仔细领悟才是。我放下对它的所有成见，用审视的眼光观察它，便发现了很多。最令我感动的是破茧成蛾。请原谅我的固执，改成"破茧成蝶"。当蚕儿吐出生命的纤维严严地裹住自己时，它的世界被黑暗覆盖，沉没在寂静之中。其实它是在做梦，一个又虚又实的梦，一个生存与死亡相连的梦。这个小精灵，最终痛苦地咬破了茧，以重生来抗拒死亡，羽化为蝶，完成了一次生命的飞跃，从某种意义上来说，相似于神话中的凤凰涅槃。

如今，我学会了用美好的眼光和崇敬的心情去欣赏蚕。破茧为蝶，扑棱着透明的翼，或斜走于墙沿，或翩飞于屋梁，却还有舞者的潇洒。这小小的蚕，轻盈地拨动着我的心灵之弦，多么富有诗味的哲理！

许多时候，我们固执的成见与看法，会让我们的心灵也织成厚厚的"茧"，使我们失去客观公正地衡量事物的标准。这时候，我们就需要咬破这层厚茧。当然，这个过程也许是不易的，痛苦的，但却是生存与发展的必要。

（指导教师：杨晓欧）

080

珍爱生命

成　河

　　每个人心中都有一幅幸福地图，只要你认真地去走，就会感受到阳光的温暖；每个人的生命中都开满了鲜花，只要你细细地品味，你就会觉得它们是如此的芬芳。

　　世间的一切生命都无法拒绝挫折和痛苦的造访，但我们只要用笑脸来迎接挫折，用勇气来对付不幸，就会拨开云雾见青天。

　　人生无坦途。我是一个不幸的女孩，从小喜欢体育的我总渴望成为一名体育运动员，从天而降的机遇帮我实现了我的梦。当我刚踏入中学时，学校要组建女子足球队，我抱着试一试的心态报了名，结果我幸运地被选中，成了一名校女足队员。严格的训练，紧张而激动人心的比赛，从此我的人生因足球而精彩，生活因足球而美丽，我在心中编织着梦一般的未来。

　　然而，天有不测风云，当我爱它爱得死去活来时，当我把所有的希望都寄托于它时，一场突如其来的疾病缠上了我。当医生郑重地对我说"从今以后不能再踢足球了"时，我的眼前一片漆黑，我心里不停地喊："是你，可恶的病魔，是你摧毁了我的梦，夺走了我的阳光，我恨你！"

　　我迷失了方向，不知所措。我躲在阴暗的角落里，一个人不停地哭泣，正当我绝望之时，一缕阳光照到了我的病床上，我脑海中出现了保尔、张海迪、海伦与病魔搏斗的情景，刹那间，我感到了一股暖流向我涌来。啊，是生命，生命正朝着我走来，它似乎对我说：怕什么，没有经历过挫折痛苦的人难以感受到真正的欢乐，孩子，坚强点，用微笑来面对眼前的一切。于是，我鼓起了勇气，与医生积极配合治疗。在医务人员的精心治疗和护理下，在家人无微不至的关爱和老师同学的鼓励下，我终于痊愈了。

　　啊，生命，是你在第一时间拯救了我，是你让阳光彩虹又回到了我的身边。

现在的我虽然与足球无缘，但我又有了新的企盼，新的目标。

朋友，让我们一起珍爱生命吧！痛苦和不幸并不可怕，微笑和信念会让你的生命绽放出美丽的花朵。

（指导教师：张政中）

成长的心情

曹丽云

十六岁的花季如同女神一般，静静地、温柔地来到我的身旁，从此我的天空满是星光月影。拾一缕思绪点缀我的天空，开始编织绚丽的梦：梦到巍峨的山峰，梦到广阔的草原，梦到莫高窟，梦到……女孩追梦，没有一丝犹豫，没有太多牵挂，没有"楼外垂杨千万缕，欲系青春，少住春还去"的哀思，没有普希金"青春的年华会匆匆逝去，心灵的火焰会变得冰冷"的悲情。女孩只知道外面的世界阳光旖旎，细雨轻柔。女孩没有豪情万丈，却是执着如斯，知道阳光总在风雨后。

曾经漠视人间真情，以为"青云当自我，何必求知音"，却被朋友胜似琴弦的轻吟唤醒，被朋友艳如花朵的微笑所吸引。

跋涉寻求真爱的旅途中，蓦然回首，却发现苍白的银发在向我招手，苍老的面容向我发出慈祥的光芒，把我冰冷的心儿暖红。母爱最真！"慈母手中线，游子身上衣，临行密密缝，意恐迟迟归。"在外求学的日子里，我是那远方的草籽，母亲就是把草籽吹入暖田的风；我是那放飞的风筝，母亲就是系着风筝的线；我是那天空中的一轮明月，折射出的都是母亲的光辉。

以笔为桨，书海泛舟的岁月，独自品味李清照"梧桐更兼细雨，到黄昏、点点滴滴"的凄婉，领略了苏东坡的"大江东去浪淘尽"的豪迈，体会到杜甫的"感时花溅泪，恨别鸟惊心"的情怀，感受到荆轲"风萧萧兮易水寒，壮士一去兮不复还"的悲壮。

独坐窗前，手执清茶，学起了宗璞女士自斟自饮自开怀；看世事变幻人间沧桑，学会了"惯看秋风的豁达"，明白了"失去的就让它失去，不要再忧虑。忧虑不会使人得到什么，相反，只会失去更多"。于是我深知，拼搏才是生命的本色！

在为收获而耕耘的岁月里，将心沉于书香之中，让汗水尽情挥洒，让才智尽情绽放，让激情升华成蓝天中最瑰丽的花朵。

"海阔凭鱼跃，天高任鸟飞！"

（指导教师：任秀丽　侯兴福）

我的痘痘

夏弘毅

　　不知从什么时候起，我开始长痘痘了，最初我持不屑态度，认为长几颗痘没什么大不了的。可是，后来却越长越多，尤其是额头那一块，汪洋恣肆，遍地开花。

　　刚刚学过的生物知识告诉我：长这么多的痘，是因雄性激素分泌太多的缘故。我不由暗自哀叹：我那内分泌干吗分泌那么多玩意儿。我想青春期该是来了吧！可我才十二岁，未免太早了吧！我爸是研究稻谷种子的，成天与那些什么早稻、中稻、晚稻品种打交道。在他的眼里我肯定是"早稻"产品吧？

　　痘痘给我带来了很多麻烦。许多人总是拿这来笑话我，"你好！苦瓜""喂！夏弘毅，脸上挺有立体感呀！""哟，帅哥，你可是脸上添花、凹凸有痣呀。"这些善意的嘲讽随着痘痘的"茁壮成长"纷纷在我耳际回响。唉！心里真不是滋味。想当年我可是一帅小伙，没想到几颗小小的痘痘使我这么难堪。我只好装作颇有底气地回答："知道这是什么吗？青春美丽痘！是青春和美丽的表现，嘿！你们有吗？"

　　暗地里，我下定决心要除掉这些痘，于是什么"痘立消""痤疮膏"蜂拥而上，在我脸上一场"消痘战"就此爆发。经过几个月的拼杀，痘不但没消，反而变本加厉，小痘痘越长越大，有的大痘痘甚至发炎了。于是我又被冠以"养龙（脓）之人"这一美称。

　　被人嘲讽、戏称让我好生烦恼，然而最大的"不幸"还是没了口福。因为长痘痘的人最忌的就是辣呀！最近，岳阳不知从哪卷来了一股"鸭子风"，大街小巷，到处都是怪味鸭店，以前我吃过一次，香喷喷，火辣辣，真是人间美味。可自从有了它——痘痘，我就只能望鸭生叹了，每次见到怪味鸭，总免不了条件反射，口水滋生。有一次，老爸买回一只做好了的怪味鸭，他硬是不允许我尝一口。我只好趁父母睡觉的时候，打开冰箱偷偷地吃了几块，谁知第二天，额头上立竿见影，几颗新痘痘又在我那"月球表面"锦上添花了。完了！完了！

　　唉！我的痘痘，你何时能消呀！

（指导教师：焦旭东）

告别童年以后

陈 婷

那个雪花飘飞的夜晚，
我突然之间化作遥远；
我只记得那一刻很冷，
那年的春天来得很晚。

——题记

渐渐地，我长大了，告别了童年，有了自己的主见，有了属于自己的粉色笔记，懂得了欣赏别人的优点，懂得了珍惜与放弃。

回 忆

刚才逝去的那一秒再也不会重现，可我却很在乎，在乎一切能够证明我存在的蛛丝马迹。有时在无意之中，昔日的往事会突然地浮现在我的脑海里，像一首首生命中美丽的插曲。回忆里模糊地想起的小时候，云朵飘浮在蓝蓝的天空，那时的一切似乎都很完美。仔细想想，自己已在这个世界上活了十四年了，可有什么能够证明呢？无非是那条永远流淌着的时间河流罢了。童年时的天真已逐渐逝去，换来的是陌生的成熟，那又能怎样呢？无非是无奈罢了。

音 乐

不知不觉之中，我爱上了音乐。我喜欢在夕阳西落的黄昏，坐在逍遥椅上，一边听音乐，一边看杂志。我喜欢在音乐的陪伴下，将寂寞变为充实。音乐，一个奇异的魔法世界，一个能陶冶人情操的幻想境界。我喜欢听《梁祝》，因为它优美、诱人，因为它是真挚爱情的代表。我喜欢Jay，因为他叛逆、单纯；我喜欢FIR，因为他们活跃、充满着生机……我把听音乐视为我的业余爱好，我把音乐视为我的朋友，但我却并不为它而痴狂，因为为音乐痴狂只会改变了它的本性。

幻　想

　　可怕的疾病会传染，悲观的心情会传染，而幻想也会被传染。我被爱幻想的好友给传染了，也变得爱幻想了。也许丰富的幻想是女生的天性吧。我幻想着自己的美梦能够变成现实，可如果梦变成了现实，它将失去美丽；我幻想着放假时能转动幸福的车轮，碾下条条青春的印迹，可现在离放假还很远；我幻想着我能把自己的人生拉成一条直线，但我又厌恶草率的誓言，没有坎坷，没有欢颜；我幻想着在夏天当你酷热时给你一丝清凉，可现在却是冬天……

　　朋友，当你的童年就像雪花似的顷刻间化为一滴碧水从指缝滴落的时候，当你知道最真的梦没有几回，失落的仅是自己的泪水的时候，你在做些什么呢？你在想些什么呢？

（指导教师：孟祥林）

永恒的瞬间

赵卓然

曾经观察过一只蛹的蜕变。

丑陋的毛虫经过四次脱壳，变作青虫，充斥着保护色的皮肤恫吓着虎视眈眈的侵略者。然后作茧自缚，一根一根地把自己柔弱的躯体包裹在一层坚硬的壳下。半个月左右的壳蜕，下方出现了一条细微的裂缝，或许这就是生命跳动的有力证明吧，我想。

几条纤细的腿正努力向依附物靠拢，无规律地在半悬的空中打着拍子。

顽固的蜕壳本能地咬住即将诞生的蝴蝶双翅，不甘心轻易放过自己创造的生命标本。一次，二次，已经能看见它纤细的触角在空中摇摆，做出最后的挣扎……

记得曾经在某本书上看过这样一句话，蝴蝶在破茧而出的一瞬间是忍受着撕掉一层皮的疼痛，许多蝴蝶在那一刹那都痛苦地死去。

所以我相信，花丛中翩跹飞舞着的蝴蝶，不是单纯地向世界展示它绚彩夺目的美丽，而是向有心人诉说着那鲜为人知的瞬间。

静下心仔细回味，我们是否读懂了蝴蝶透露给人类的来自大自然的神谕？或许，曾几何时我们也感同身受过如破茧而出前的挣扎？

或许在坚持与否之间只有一念之差，痛苦只有一瞬间，但它却是每一只蝴蝶一生一世的纪念。半途而废就像在痛苦中挣扎死去的蝴蝶，水流花谢且无痕，除了旁人龌龊的怜悯，什么都不会得到。

眼前这只淡蓝色的菜粉蝶，挥动着单薄的翅膀，破茧而出，我似乎又读懂了一种来自天地间的暗示，珍惜这美丽的邂逅。

几许风雨，几许阴霾，已不复存在。

后来，无意中在书中读到了一则关于它的故事。原来，那一瞬间有了一个很美的名字，叫作羽化。

(指导教师：毛亮亮)

曾经的挚爱

谢子宁

　　轻轻地挥手说声珍重，去寻找自己的一片天空，你的灵魂永驻我心间。青春的回忆涌上心扉，喑哑的歌声再次挽留……

——题记

　　那段日子回味无穷。

　　指缝间流过的岁月，无奈中沉默的感叹……此刻，心中泛起的层层涟漪，荡入心灵深处。

　　记忆中那幕情景，清晰依旧。

　　静谧的校园，被夕阳的余晖浸透了。校道上留下同学们匆匆来去的脚步，树叶在空中漫天飞舞，这一切都蒙上了一种凄迷的格调。

　　无数次经过校园的篮球场上，你那飘逸的头发带着娴熟的球技，总是映入我的眼帘。从此，你便意外地踏入我的视野，纷扬起我的生命。

　　第一次接触你，我便定格了一种很特别的感觉。你眉宇间那抹直达我心灵深处的微笑，让我想起了琼瑶的散文——很难读透那种韵味，却又如此的亲切。

　　我仰望着你，想看透你的内心，可又无法洞悉你的一切。

　　与你相识的那段日子，我就像独坐在夕阳下，看着落日的最后一缕余晖，品味着飘香的茶。

　　烦恼时，我总会向你倾诉心中的压抑，那一刻，你常常会帮我把心结解开；高兴时，我总会向你唱出心中的快乐，那一刻，你常常会静心地听着我的歌声……

　　多少个细雨霏霏的早晨，你我漫步在校园中；多少个夕阳西下的黄昏，你我谈笑于树底下；多少个星光灿烂的夜晚，你我走在回家的路上。于是，你成了我生命中的影子。

你的内涵如此丰富却从不张扬，你的意志坚定从不随波逐流，你深邃的眼神似乎能洞察周围的一切。是你在我无助时，给我安慰；是你在我困难时，拉我一把，然后在你的欣赏中我天天进步。

美好的事情，好像总是开始在春天，因为萌发在春天的永远是那么神奇和难忘……

夕阳在沉沦，我吝啬地咀嚼着飘香的清茗，蓦然回首，杯中剩下的只是那么一缕苦涩的渣滓。

我释然，美好的事物到达距离的尽头蜿蜒出来的都是停滞的沧桑。

如今，你就要走了，温馨的校园里少了一份生机，丰盈七彩的心情少了一份色调。百感交集的情绪，变成了积蓄已久的泪水，涌出眼眶。因为你我的友谊已经刻骨铭心地烙在我心中的每个角落。

惆怅的心情，使我拒绝听此起彼伏的呼唤以及翻开尘封往事的云烟。

想念你时，我凝聚于晶莹剔透的雨花石里，把牵出的温馨一段段拉长；想念你时，我越过高山，掠过海洋，去寻找你的灵魂；想念你时，我轻眠在清澈的泉水间，让心灵的向往，一茬茬疯长。

也许风会吹走思绪，也许岁月会模糊记忆。但昔日悄然绽放的友谊，编织出灿烂的瞬间，会永远珍存在我的心中。望着夜空中点点的光，任意滑下的一颗流星，那都是我对你的祝福。

相信我，因为你曾经是我的挚爱。

（指导教师：谭庆娟）

蓄 爱

蔡宇晴

我希望有一天，当我站在风尘之上苍穹之下，回首来路时，看到的不是辛酸与无奈，而是沉甸甸的、美好的回忆。

自然之爱

一日难得闲来无事，便与家人出门游玩。我穿一身宽松的衣服，坐在车中望向窗外。

前日才下过雨，空气中微有潮湿的味道。我缓步走下车，深深地吸了口气。我知道，这是自然给我的爱，独一无二。

忽而一阵疾风，树叶阵阵作响，恍惚间我竟以为那声音是雨声。我抬头望那一排整齐的树，伸出手，却不知要触摸什么，许是风，许是叶，许是那一点的潮湿。

丁香早盛开，我轻轻托起一簇，嗅了嗅。那无法形容的香，就悄然飘进鼻中。

这绿，这风，这香，便是自然的爱，我把它印入脑海，希望有一天可以回忆。

友人之爱

我离开故地之前，友人举起一只玩偶，放于脸边轻笑，问我："像我么？"我也笑，觉得像极了她，便点头。她拿钱买下，递给我道："你说像，便像。送给你，是让你记得我，把它收好，看到它，要像见到我一样。"我的泪潸然而下。她见状，握住我的手："不要哭，我们会再见的。"我便抹掉泪，重重点头。

回去的路上，我们谁也没有开口讲话。她执意将我送到楼前，才抱住我，说："再见。记住我的话，要努力。"接着将头埋在我肩上，留下了一阵潮湿的热。然后转头，走了，不再回头。

我手中握着那个玩偶，在心底道了声"珍重"。我知道，这玩偶便是友人给予我的爱。

文字之爱

我极爱读书，那些千百年之前的文字，让我欲罢不能。

我看到李清照"倚门回首，却把青梅嗅"的羞涩；我看到纳兰容若"比翼连枝当日愿"的忧愁；我看到龚自珍"沉沉心事北南东，一晌人材海内空"的忧国忧民。文字中他们仿佛又回到我的眼前，一如余华所说："他们把我带走，又让我一人回来。那是温暖而百感交集的旅程。"

我知道，这是文字给予我的极特殊的爱。

自然之爱、友人之爱、文字之爱，还有许多别的大爱，我储蓄了满满的爱，它们在我身边翩跹，美艳无比。

（指导教师：尹凤霞）

梦里花落知多少

刘奕彤

我喜欢窗外的一片深蓝。思绪可以自由穿透灰蒙蒙的窗玻璃，乘上窗外的柔和的风自由自在地游走。喜欢这样发着呆，让思想游离在我所能想象的世界中，只有这时的我才会找到童年的自由。

那时我捏着屈指可数的几元钱像模像样地在街上游荡。只要是看到自己喜欢的，不管是否买得起，我都愿意站上一会儿，用好奇的眼睛不停地打探，在心里暗自打着小算盘。

那时我在窗边坐上一个下午，捧一本小说，任由午后的阳光流泻在书的页面上，或透过阳台上的植物，在雪白的纸页上洒下斑斑点点的亮光。我可以沏一壶龙井，暗嗅它的清香。在温馨的房间里，美美地睡上一个下午。

那时我可以在雨天里不打伞，奔跑在泥泞的土地上，看着从天而降的雨，如断了线的珠子，在我的眼前，重新连在了一起，让世界变得模糊。看着路边的野花在细雨中孤芳自赏，看着小树在暴雨中摇摆不定。

……

时间推移，相册里的照片一年年更新。童年里那幼稚的脸也渐渐变得成熟。当我头一次领到一张毕业证的时候，我长大了，我自豪地想。

从此，"长大"变成了我名字前的一个形容词。我也开始渐渐步入"成人"的队伍中去。我学会了接受，容忍，包容，友爱。童年，我再不去多碰。只是偶尔，在某个下雨天，自己还是有种想丢掉手中雨伞的冲动，但每次我都克制住了。因为我明白，曾经的那份童真，早已不属于我了。

郭敬明有本很有名的书《梦里花落知多少》，内容或许和这篇文章没什么关系，但我却很喜欢这个题目。或许是现在的自己比较多愁善感，想以此作为本文的题目，来悼念我那已经失去的童年。

（指导教师：孙黎）

我就是风景

来培玲

世上的风景何其多，小桥流水是风景；在春风吹拂下，千万树梨花竞相开放是风景；就连那蜻蜓立于嫩绿荷叶之上也是生意盎然的风景……其实，不仅自然界的万事万物可以作为风景，人类本身也可以成为风景。就说我吧，就是我们班里一道亮丽的风景。

在我们初二（2）班，我实在是其貌不扬，招风耳，小眼睛，根本不能与班里的漂亮MM相比。可上帝为我关了这扇门，却又慷慨地为我打开了另一扇门，让我在一年多的时间里就学会了弹钢琴，这在我们班里可是屈指可数的哦。每逢班级、学校搞文娱活动，学校大礼堂的舞台上总会出现我瘦弱但却充满自信的身影。然而，很少有同学能想象出我为学钢琴付出了多少汗水。一想起学琴时的情景，我的心头就涌起了另一番滋味——

急躁的情绪

刚开始学钢琴的时候，老师总是叫我翻来覆去地练那几种指法，什么顺指法、伸指法啊，缩指法、穿指法啊，枯燥乏味，穷极无聊。每当我看见电视上演员熟练地弹奏着悦耳的乐曲时，我的心里总冒出一股急躁情绪。虽说心急吃不得热豆腐，可我都练了两个多星期指法了，老师还是让我弹那几个讨厌的音符，我都快崩溃了。我简直怀疑钢琴老师是不是认为我没有天赋，不是学钢琴的料，不好明讲，就用这种办法应付我的父母。

爸爸见我情绪有点不对头，给我讲了达·芬奇画蛋的故事，我懂得了万丈高楼平地起的道理。我沉下心，每天按照老师的要求练习各种指法。

不久，钢琴老师要教我599练习曲，我仿佛看到了——

希望的曙光

刚开始，我没把曲子练熟，觉得不如电视里的好听。妈妈说我练习的时间少了，每天再增加二十分钟。这可是极限了，我玩的时间已经一点也没有了。

于是，我按时按点地坐在琴凳上，一双小手在琴键上忙碌。

功夫不负有心人，我的弹奏水平不断长进，甚至可以弹几首小曲子了。老师决定教我弹钢琴小品《小天鹅》，那是一首很难的曲子。那一阵，我下了苦功，星期天节假日，小伙伴们在看电视、玩耍，我却冒着酷暑练琴。虽然每次都汗流浃背，腰酸指痛，但我咬牙挺着，不肯懈怠。过了一段时间，老师让我弹奏。听完我弹的曲子，老师一向板着的脸上浮出一丝笑意，说："再练两个月，可以参加钢琴五级考试。"

听了老师的话，我心里不知有多高兴，练琴时，仿佛自己在和那些小音符牵着手快乐地跳舞。我坚信——

成功属于我

那天在盐城的音乐考级点，等待进考场的时间里，我心里忐忑不安，学这么长时间，有没有成果，就看今天了。随着进场时间的临近，我仿佛快要窒息了，希望时间就停止在这一刻，永远不再流逝。但我强迫自己镇定下来，我暗暗告诫自己，要沉着，要心细，成功一定属于我。

该我上场了。由于过度紧张，我弹奏的第一支练习曲开头就出了错。我屏住气，咬着牙，继续弹下去，走出考场，我几乎虚脱了。接下来等待考试结果的几天里，我是在焦急中度过的。让我兴奋的是，我没有浪费时光，成功通过了五级考试。接到通知的那一刻，激动与幸福包围着我。

同学们得知我通过了钢琴五级考试，都向我投来了羡慕与敬佩的目光，我在他们的眼里已经成为一道风景。

我相信，只要努力，我会一直是同学们心目中亮丽的风景。

(指导教师：王连龙　徐国銮)

星光点点

刘　腾

窗外，夜的剧场上，蝉声惹得人烦躁不安，我呆坐在窗前，望着无月的天空。天空中，星光点点，将温馨与安宁洒落到这个乡村中。我却与此无缘，我已陷入深深的回忆……

我自认为是一个命运不济的人，老天对我总是那么不公平。在那么大那么长的中考发榜纸上，竟单单容不下我的名字，我又站在了一个新的十字路口上，我徘徊，我犹豫，我举棋不定，我坐立不安。

时间在不断地催促我：快快作出选择。一连几天，我思前想后，难以定夺。我原想外出打工，就此永远地告别学校。但是，想想那些曾经拥有的美好时光，我又恋恋不舍，况且，想起父母为了使自己能够学有所成而做的不懈努力与不图回报的牺牲，我能够就这样淡然离开吗？

墙上的石英钟，似一个毫无挂碍的老人，漫不经心地鸣响了十下。夜色仿佛一张大网，慢慢张开，不知要捕捉一些什么。夜空中飘荡着一些寒冷的分子，我不禁打了一个寒噤。

不知道妈妈什么时候已悄悄站在了我的身后。她给我披上了一件衣服，在我的对面坐了下来。我们的谈话并不轻松，我的头又一次垂下，我不敢去碰触妈妈那对我期待了许久，却又被失望折磨得无神的眼睛。

"你的选择是什么？"

"复读！"

不知道为什么，我竟脱口而出了这样两个字，或许这是我心底最真实的声音，我也说不清。妈妈脸上掠过一丝不易察觉的微笑，或许这样的答案也是妈妈所期盼的吧。

妈妈说："好好准备一下，这是最后的机会。"

妈妈再也没有说什么，走出了房间。

　　"你的命运掌握在你自己的手中，只有你才是你自己命运的真正的主宰者。"一个声音在我的耳际响起。

　　对，我有自己的人生，我要做自己命运的主宰者，我不能被失败打倒，在哪里跌倒，再从哪里爬起来。也许以前，我是一只被别人掌握、摇摆不定的风筝，但现在我要做一只目标明确，搏击长空的雄鹰，去迎风斗雨，收获成功。

　　窗外，星光满天，我的眼前，仿佛有一幅美好的画卷慢慢铺展开来，那是我美好的明天……

（指导教师：屈洁）

我的越剧情结

周 灵

同龄人都对流行音乐如痴如醉，而我却对越剧情有独钟。

要问我怎么会爱上越剧？我说那也是机缘巧合。暑假里，我陪奶奶看电视，奶奶偏偏喜欢看越剧。看着屏幕上俊秀的古装男女，华美的衣着首饰，富有戏剧性的爱情故事，觉得挺有趣。奶奶见我坐得挺安稳，高兴又多了一个谈话对象，也就乐意把所有的越剧知识"倾囊相授"。

我怀着强烈的好奇心，到新华书店买了一套全本的越剧《红楼梦》磁带。起初没听出什么名堂，渐渐觉得唱词挺有韵味，曲调也蛮上口，反复听了几遍，便感受到它的含蓄优雅，于是对它越来越着迷了。

此后，便一发不可收拾。电视、广播、磁带，只要里面有越剧，我就必看、必听。积累多了，就发现越剧的魅力真的让我欲罢不能。首先是它的音乐。越剧的曲调源于浙江，在上海、江浙一带流行，西湖之水的滋润，秦淮烟波的熏陶，使得它的曲调格外的细腻，再配上吴语作为唱词，无论是听在耳朵里还是哼在口中，都觉得香糯温柔，情思绵绵。再加上越剧各具特色的流派唱腔：稳健淳厚的范派，刚劲洒脱的徐派，儒雅飘逸的陆派，清脆甜美的傅派，委婉明丽的王派……能把人物苦乐悲喜复杂的内心世界表现得淋漓尽致。此外，还有传神的表演，像著名的扇子功、水袖功，乃至越剧的一举手、一投足，都是根据人物的性格和身份设计，有板有眼，韵味十足。这些构成了越剧非凡的艺术魅力，产生了像《梁祝》《西厢记》《孔雀东南飞》等脍炙人口的优秀剧目，蕴含着极高的艺术审美价值。

现在的我，最惬意的事莫过于躺在床上，塞上耳机，听上一曲悠扬的越剧。此时，闭上眼睛，身子仿佛飞了起来，慢慢地飘入空中，慢慢地走入了江南水乡，那里是小桥流水，野花芬芳，一派清丽可人的景象。此时，仿佛是一股清泉注入了我的心田，全身为之舒坦。

　　此外，在越剧中，我们还可以接触到丰富的古典文化。且不说舞台上展现的古代社会的人情百态、风俗习惯，单是唱词中的古代诗词就会让我们受益无穷：你看，陆游的《钗头凤》，李清照的《声声慢》，我都是在《沈园绝唱》和《李清照》中记住的。林黛玉的一大篇《葬花词》本来让我望词兴叹，可当我哼出这段越调时，自然而然的记下了不少："花落水流红，闲愁万种"，"玉宇无尘，银河泻影"……在读王实甫的原著时，我怎么也体会不到那种意境，可当演员一番演绎后，我便能领略出其中的妙处了。

　　越剧，令我陶醉，让我痴迷，是我心头永远的爱。

（指导教师：徐煜）

真我风采

张　恬

月柔如水，望着镜中那张平凡的脸，咧开嘴，笑了；镜中的女孩也咧开嘴，笑了。淡淡的，依然平凡。

棱角分明的城市里，我不断行走，伫立，凝望，叹息，微笑，我只不过是个路人，大街小巷中没有留下我的痕迹，但我已经走过。

我是一个很懒的女孩，房间里总是那样凌乱不堪。最喜欢趴在桌子上，似睡非睡，发着呆，做着白日梦。最喜欢懒洋洋地坐着看书，聊天，就是不愿意挪动脚步去运动。虽然我是白羊座的女孩，但我却没有白羊座的气质，或许，白羊座的春天尚未来临。

我是一个阳光的孩子，我喜欢笑：默笑，微笑，掩着嘴笑，哈哈大笑。我的生活充满了笑声，即便是在浓厚的阴云里，仍有些许阳光投进我的生活，让我自信地笑，开心地笑。

我是一个不解风情的呆子，都快成了时尚的绝缘体，我总用一种批判的眼光看待身旁所有的流行。我不怎么听流行音乐，因为身旁这类声音早已泛滥，我讨厌这些没有营养的噪音（物理老师说过，影响人工作和生活的声音均为噪音）。当然，我承认并非所有这些都是低俗的，但人多数总是盲目的，很少有人有更深的思考。

渐渐地，我的笑容中掺了一丝多愁善感，如同阳光下的阴影。我的文字也变得忧郁，忧郁是一种美，不是最美，但我追求尽美。

我是一个平凡的人，几乎就没什么优点了。体育神经超不发达，音乐细胞几乎没有；写不出一手漂亮的字，也画不出一幅美丽的画。只喜欢舞文弄墨，笔下的文字虽显苍白，却没有一丝病态。不是白天鹅也不是丑小鸭，却也希望有一天能展翅高飞。

我是一个爱好幻想的狂人，我编织了许多美丽的梦。梦里，我是主角，故事怎样发展，由我决定。虽然，人不能生活在梦中，但是，有梦就有希望。

不管美丽童话里的公主究竟是谁，我就是我，平凡而又特殊的我。

抛开平面镜成像的原理，镜中的女孩骄傲着，微笑着，忧郁着。

瞧，她正看着我呢!

（指导教师：肖晓珍）

我的前后左右

戴新童

我的前面是光明，我的后面是黑暗，我站在原地不动。

我之所以说光明是在前方，不是因为我追求光明，相反，我厌恶所谓的光明。光明是一个胜利者，她被人高举，被人追求，光明主宰着一切。光明一微笑，万物都向着阳光生长；光明一挥手，人类自然而然地消除了一切痛苦。她优雅地望着我，"来，我的崇拜者，你要信仰光明，光明会带给你幸福，你会找到活下去的信念。"我回赠她一个微笑："把你的甜言蜜语留给其他人吧，那些追求光明、渴望光明的人……"光明依旧美丽，她转过身，微笑着走在我前面。我看到身旁的人都跟着她的脚步前进，而我站在原地不动。

我之所以说黑暗在我的后方，不是因为我抛弃了她，而是我放弃了她。她微笑，我也笑了。我曾陶醉在这迷人的黑暗中。她躲在寂寞中的时候，我陪伴着她；她独自哭泣时，我注视着她。我的身边有很多人来劝阻我，他们说与黑暗在一起我会后悔，他们劝说我去追求光明。我动摇了，友情与亲情的价值会使一直坚持的信念转变。我把她丢在原地，她没有怪我："是啊，你应该很幸福的，去追求你的幸福吧，与黑暗在一起……你也会被人排斥的……"我迷茫地站在原地，我把黑暗抛在了身后……我站在原地不动。

我的左面是青春，我的右面是自由，我站在原地不动。

左转青春，右转自由。据说人在无准备的情况下遇到十字路口，潜意识里会选择向左转，而我居然在青春的面前止步。我的意识告诉自己：我是个孩子，我需要拥有青春，拥有挥洒在时间里的欢乐。不可否认，我对青春感到恐惧，不是对于爬到脸上的青春小痘痘，也不是对于适时出现的叛逆。我颤抖着双手，眼神中的迷茫深深映在水中。我的右侧是自由，对于他我是满腔的愤怒与憎恨，他喜欢吞噬思想，他是不可多得的药物，他与光明一样，被人追求。自由……自由……他骄傲地递给我一对翅膀："插上它，你就可以飞，飞到你想去的地方……你就会自由了……"我疑惑地注视着手中的翅膀，洁白的羽毛上染着鲜红的血迹，它的样子让我认为我即使得到了自由，也是用别人失去的东西换回来的，我把他扔在脚边。

如果这是一道选择题，我一定会弃权，但是这不是，我站在原地。某位伟人的警句清晰出现在我眼前："人生没有回头路。"我眼睁睁地看着这句话，我笑了，笑自己的愚昧。深呼吸，我做出了选择，我回过头，向黑暗飞奔。我想人生有时就是这么简单，回过头之后，原本在后面的不就在前方了吗？

（指导教师：杨汝春）

第六部分

听，雨滴在说话

叶子为树奉献了自己的一生，最后还得离开它，四海为家。想到这，我不禁为树叶感到难过。不过，它也真的该休息了。叶子生于自然，做了自己该做的事，是到该离去的时候了。

——温源《树叶》

秋韵偶拾

朱亚男

夕阳抽去它最后一丝淡影，将沉沉的暮霭留给大地。周围的一切都变得黯淡而安静起来。月亮升起来了，半个银白的盘排在天宇，茫茫穹际闪烁几点飘忽的微茫，不知是天上的星呢，还是人间的灯。及近，隔壁人声的低语，偶尔夹杂着几片落叶之声，及一阵归鸟的残叫。

初秋之雨

忽的一阵大风，似从地下发起了狂，紧撩着窗外的帐子，席卷了一切沉闷的空气。几片带黄尚未枯残的槐叶，被扬到半空，高高的急速打着旋儿，未及落下，又被卷到更远的夜色中，看不真实，只见隐约之中，卷起满天沙尘与漫天的迷茫。风声震耳，如虎啸龙吟，如喊声雷动，天宇间仿佛二十四根弦丝，行云流水，激昂高亢，如十面埋伏，忽然一道光亮的光剑，从半空中直劈下来，后面辉映出一片白昼，照亮整个穹宇。黑暗动了，星月失去了光芒，耳畔只听见战鼓隆隆，沉郁的余音回荡不已，挥之不去。紧接着，又一次银蛇狂舞收回的一刹那，倾盆大雨直泻下来，倾泻着力量，倾泻着奔放，这是龙在吟唱，龙是飞舞吧！

这就是初秋的雨，还带有夏的影子，当炎夏的脚步余声还未散尽，秋雨的使者已悄然而来，大自然将它的气魄，它的豪情，一并倾泻下来。

秋之天空

天空是淡蓝色的不杂一丝渣儿，太阳并不耀眼，射出的光也许还是成束的，只是因为手拽过几块丝絮状的云彩作为面纱，漏下来的光便如仙女散花般的散开，弄得满世界充满柔和的金色。桥下近处粼粼的水波里，也许是晃成串的金钱。然而极目远方，水却还是蓝的，同天空一般色彩。水天相接的地方，则是一片和谐，一片如绍兴黄酒般的温馨。

金色或白色的云彩，不断变幻着，似乎是只神奇的手，将它们撕开，又合拢，像牧羊鞭驱赶下的羊么？像丹青妙手笔下的骐骥么？

豁达、清爽、明净、纯洁。

是我永爱的秋。

（指导教师：胡永浩）

107

重 生

魏 芸

每当天空变得高了，云彩变得少了，蝉鸣变得弱了，人们便会惊叹一声："呵，秋天来了。"

入秋的太阳将目光掠过树梢时，他惊奇地发现，树叶已是摇摇欲落，一片衰黄。多愁善感的太阳将自己几缕柔情的光芒轻盖在衰叶之上，作为对枯叶最后的抚慰。

而这些即将坠落的生命却体会不到太阳的伤感。他们正微笑着，与同伴、与生他育他护他的大树告别。他们互相依偎，互相扶持，因为一阵小风就可能结束自己脆弱的生命。在经历了一年的出生、成长和衰老的历程之后，现在他们仍渴求在树枝上再多待一刻。但你以为他们是想苟且偷生吗？不，绝对不是。他们，是世上最豁达者，他们用微笑去拥抱死神。现在，他们不过是想尽自己最后一丝残力，再装点一次深爱着的大树。

终于，最后的愿望也实现了，他们满足地松开了互相重叠的身子，准备一起面对终极的命运。他们很清楚自己的未来，没有幻想，没有奇迹，只有——死亡。但是，叶子们遵循着祖训，用洒脱的笑容，用欢快的舞蹈，去愉快地结束这一切。风儿猛吹。他们，充满深情地一吻再吻为之奉献了一生的大树。这里，有自己青春的激昂；这里，有自己思索的印记；这里，有自己刻骨的回忆！

但落叶知道，只有自己离开，才会有后一辈更耀眼的光彩；只有自己奉献，才会有后一辈更激昂的辉煌；也只有这样，这棵被无数叶子爱过的大树，才会永远地被人赞赏。于是，他们，抓住风儿的衣襟，纵身一跃——他们感到自己在飞翔，却又在坠落，在死亡，却又在重生———阵长长的飘浮，落叶轻盈地停靠到了大树根旁。他们是多么欣喜地发现，自己还活着！自己的归宿竟然在这里！他们又是多么满足，自己又可以再为大树奉献，将自己的心灵乃至身躯，都完完全全与大树融为一体，永不分离。

在自己深爱的大树下，叶子们获得了重生。

（指导教师：周凌）

109

第六部分 听，雨滴在说话

听，雨滴在说话

周 文

春雨迷蒙，夏雨滂沱，秋雨萧萧，冬雨含蓄。听，雨滴在说话……

春雨密如织，细如丝，"随风潜入夜，润物细无声"，默默奉献，滋润万物，是它的写照。它在春风的邀请下，来到世间，为万物复苏尽一份力，却从不听见春雨有多大的声音，悄然地催醒了世间万物，催生了美妙的生命。有了雨滴的滋润，才有了花红柳绿，莺歌燕舞；有了这雨滴的滋润，辛勤的耕耘才有了收获的希望。

"默默奋斗，长久奉献，"春雨悄悄对我说，"不停地付出吧！"

比起春雨的细腻，夏雨可以说是雄悍。

夏雨骤然而至，狂舞的风中，如豆，如箭，砸到地上，如同生命一样磅礴有力，真是"不鸣则已，一鸣惊人"。夏雨伴着隆隆的雷声，音响雄厚，气势恢弘，仿佛要让世人都觉得它存在着，让世人都感到它的价值。

夏雨自豪地说："不断超越吧！超越自己，超越他人！"

滂沱的夏雨过后，大地迎来了悲凄的秋雨。

自从第一片黄叶从树上落下，秋雨便开始下，仿佛为每一片叶子的飘下感到伤心，"自古逢秋悲寂寥"，秋雨也是凄凉的。嘀嘀嗒嗒地下，没有春花的陪伴，没有雷电的簇拥，独自飘落，独自看黄蝶飞舞。

"人生就像四季，会有冷暖变化，而你要用一颗坦然的心来面对。"秋雨中传出这样的声音。

春夏秋都下雨，冬天则不然，冬雨好像一直躲在某个不为人知的角落，"犹抱琵琶半遮面"，静观世间万物，冬雨无言，也许含蓄更是一种美。

雨，告诉了我许多，心烦气躁时，自卑失落时，停滞懈怠时，静静地站在窗前，抑或走进雨中，感受雨的扬扬洒洒，感受雨的轰轰烈烈，领略这独有的风景，倾听大自然的教诲。

　　雨，还在继续着。

（指导教师：罗雪梅）

树　叶

温　源

　　傍晚在外边散步，风中一片枯叶飘舞着，最后落在地上，我拾起来看着它，陷入了沉思……

　　当你徜徉于茫茫林海，也许你会注意到那粗壮的树干，也许你会欣赏树上那美丽的花朵，也许你会佩服那深深扎入大地的坚强的根……然而关注树叶的人恐怕就很少了。也许是因为叶子是树上最多的东西，所以常被人忽略。

　　春天，万物复苏，树枝上长出了小嫩叶，给树增添了一点儿生机，多了一些色彩。这毕竟是一年的开头，一切都显得那么平淡而又不平凡。然而，一旦树上美丽的花朵进入人们的视野，马上就会引起人们格外的关注，说不定还会赢来观赏者的赞美声呢，此时有谁会注意到平凡的叶子呢？叶子是绿色的，没有花那么鲜艳招人，它毕竟是陪衬物。可是，如果树上没有了叶子，只有花光秃秃地留在那儿，那未免显得太单调了。在我看来，再美丽的花，离开了看似平凡的叶子，也就失去了许多欣赏的价值。爱花而忽略树叶，普通人如此，文人墨客也不例外。在我们熟悉的诗句中，诗人对花关爱有加，忘了的往往是叶子："夜来风雨声，花落知多少？""有花折时直须折，莫待无花空折枝。""花自飘零水自流""知否？知否？应是绿肥红瘦。"……不过，被人所忽视也不见得就是坏事。花儿艳丽，招来的是被摘，叶子普通，才能得以保全。

　　盛夏，叶子密密麻麻，绿得发亮，绿得让人心醉。这时正是叶子忙碌的时候，它们正在不停地进行光合作用，不停地工作着，为根、茎、花输送养分，并给人们带来新鲜的氧气。叶子遮住阳光，蒸腾出水分，在炎热的夏日，为人们提供了乘凉的好去处，"大树底下好乘凉"啊。

　　秋天，树上结满了成熟的果实，而叶子，却变成了黄色，渐渐地枯死，

112

显得那么苍凉，那么脆弱。寒风一吹，它们悄无声息地离开了母体，落在地上，一层又一层，给大树充当养料。它们有的飘在小溪中，像一叶扁舟，随着流水划向远方，远离家乡，不知最终要流落到哪里。

叶子为树奉献了自己的一生，最后还得离开它，四海为家。想到这，我不禁为树叶感到难过。不过，它也真的该休息了。叶子生于自然，做了自己该做的事，是到该离去的时候了。我记起了秦失为老子吊丧和庄子将死的故事，心里也就好了些。《老子》第九章有言："功遂身退，天之道也。"是啊，叶子贡献了自己，功成身退，不居功而悄然离去，不也是很自然吗？

天色渐晚，风越大了，恍惚中我变成了一片树叶，随风飘舞，飞向远方……

（指导教师：贾庆庆）

第六部分　听，雨滴在说话

凋零之美

杨玉盟

　　暮春三月，我来到了郊外，企图寻求一丝心灵的慰藉。该当是春意盎然吧，但放眼望去，仍是铺天盖地的灰蓝。

　　独行，眼睛四下扫射。突然目光触及远处的残垣，奔跑过去才知道是被烈火吞噬了的房屋，留下的只是苍老的面容：片片瓦砾散落在荒草之间，给人萧索之感，那些被黑土湮没的木头横在印有黑色创伤的土地上，枯燥得似乎只剩下了一层皮，活像一个瘦骨嶙峋的老人，脸上刻满了木讷的皱纹。望着这一片颓败，我隐隐感到一阵落寞。心中不禁透过一丝酸涩，那是悲伤的味道。突然想起了余秋雨先生说过的一句话："堂皇转眼变成寂灭，喧腾是短命的别名"，它们是否在营造之初就想到了今后的凋零？

　　夕阳西下，这些破落的断壁残垣，更显得悲凉。

　　我掰下了一块圆木皮，"叭！"声音是那么的干脆。就在我的手触到圆木的那一刹那，我惊呆了。那残存的树木上竟然有一团新绿，那灵动的色彩，格外引人注目。俯下身子，仔细端详，一棵绿油油的小苗正在寒风中变换着它婀娜的舞姿。我诧异它的根紧紧抓住那块满是创伤的朽木，努力地生长着，始终保持着向上的姿态，像释放所有的力量，又像是昭示着对生存的渴望。我顿时感到心头一颤，全身的血脉开始奔突、迂回、涌动，猛然想到李连杰在一部电影中的呐喊："放下负担，奔向新生命。"当这句话划过脑际，我像是受到了电击。"放下负担，奔向新生命"，我喃喃自语，欣喜若狂，随即开始狂奔。路过一条清澈的小溪，看到了冰雪融化后的那片鹅黄，还有那新鲜奔放的绿在水光浮动的白莲间天鹅般的快乐畅游……

　　突然，一串声音从心底升起，那是破土的声音……

（指导教师：孙云杰）

爱上那盆文竹

沈　加

我家窗台上的那盆文竹，是去年开春时爸爸买回来的。买回来时很小，枝干很细，好像连叶子都撑不住似的。那绿色的小叶很嫩，似乎一碰就要掉下来。

每天，我都要给文竹浇水，有时还施上一些鸟粪。下雨时，我会忙着把文竹搬到外面淋雨，让雨水来滋润它。出太阳了，我又把它搬出来晒太阳。如果阳光太强烈，我又把它搬进屋，生怕太阳把文竹的叶子晒焦了。

一天，我发现从泥土中钻出了一棵淡如白玉、小如新米的嫩芽，我高兴地叫了起来，文竹长新枝了。从这天起，我更加细心地照料这枝嫩芽。功夫不负有心人啊，这枝嫩芽好像懂得我的心思，没过几天，真的长大了许多。一分耕耘，一分收获，我期待着更多的收获。

事情好像总是难以一帆风顺，"灾难"终于降临到了这枝嫩芽上。那天我去给文竹浇水的时候，吃惊地发现，那枝嫩芽枯萎了。我想："大概死了吧，多么可惜啊！"爸爸也说真可惜。爸爸默默地剪去那光秃秃的一截枝干，算是最后的送别。过了几天，奇迹发生了，剩下的枝丫处，居然吐出了新枝。又过了几天，新枝又积起一片翡翠如绸的薄云。你看，虽然它的枝叶被剪了，但是它还能长出新的枝芽来。它是不是在告诉我，遭点磨难不可怕，不遭磨难还长不大呢？

现在，这盆文竹已经长到一尺多高了。每当我坐在窗前做功课的时候，总要满怀深情地对文竹看上几眼。它已长出了十几根枝干，像火柴梗一样粗细。每根枝干上，又分出了许多小枝杈，一对一对的好像排着整齐的队伍。

我凝视着窗前随风摇动的文竹，看着那细细的枝干，感到难以想象，它竟然有着如此顽强的生命力。它那普通的细叶，从不和鲜花争妍斗奇，只是

115

默默无闻地以自己的风姿给人们带来宁静，带来优雅。是啊，真正做出奉献的，并不摆出一副巍然的样子，也无须大张旗鼓。

我更加爱上了窗台上的那盆文竹。

（指导教师：罗小军）

第七部分

我站在壶口边上

　　壶口景色，四季迥异。冬天，山寒水瘦，条条冰柱环绕一挂悬瀑，形成冰桥金碧珠帘，雄壮之中有玲珑。春天，冰凌碰撞，如磐的冰块蜂拥而下，如千军布阵，万马奔腾，变化之中藏玄机。夏季，龙潭牛烟，瑰丽的彩虹连接天宇，伟岸之间显壮美。秋季，洪涛怒号，虎啸龙吼，开天一堑的大峡谷中呈现出气撼山河的壮丽。

——白梦娇《我站在壶口边上》

婺源——家园

牧　云

"古树高低屋，斜阳远近山，林梢烟似带，村外水如环。"这就是婺源，一个充满着恬静、秀美与和谐的地方。

走进婺源，人们隐隐约约有一种感觉，离家园更近了，这并不是地理意义上的家园，而是一种精神上向往的家园，也许，这就是人们对婺源山水的一种亲近，对婺源传承文化的一种归一。

不必说婺源美丽的青山，高大的树木，鲜艳的花朵，碧绿的青草，山间飞舞的白鹭，也不必说婺源的民间艺术，京剧的鼻祖——徽剧，古老的傩舞，精湛的茶道，令人稀奇的台阁，单是婺源的古民居，就足够让人流连忘返了。千百年的历史，形成了婺源古民居的特色，依山傍水，全然一幅江南水乡的模样。

婺源的古建筑十分讲究风水，因而设计得非常巧妙。刚进门，便看到一道暗门，上面古色古香的木雕就已让人竖起大拇指了。推开暗门，里面是一根瓷器做的水管，一直延伸到地上的水沟，这就是婺源人十分信奉的"肥水不流外人田"。

婺源自古就是"书乡"，这从门楣上的雕刻就可以知道。有家门楣上的雕刻很具有特色，一个女子抱着琵琶正坐在船上，哦，原来是白居易的《琵琶行》，更让人叫绝的是一户人家的《百寿图》，这也是雕刻在门楣上的奇迹，一百个不同字体的"寿"字，整齐地排列着，显示了这家主人的独具匠心。

婺源民居的外貌也是很有特色的，白墙黛瓦，两边的飞檐高高扬起，一排排的房子，给人一种不同于平常的感觉。

人们从这些建筑中，仿佛读懂了婺源悠久的历史，仿佛看见了归隐的官吏、腰缠万贯的富商和精雕细刻的匠人。

在婺源登山涉水，你会有一种久违的感觉。虽然，婺源只是城市的边缘，却处处一片安宁，处处一片祥和。这安宁与祥和便是人们生活中心驰神往的精神家园。

（指导教师：李春霞）

如水苏州

沈丽丽

　　岁月的车轮已在苏州这方神奇的土地上悠悠经历了两千五百多个轮回，沧桑的苏州依旧傍着潺潺的流水，延续、阐释着自己。

　　苏州是被豪放、壮阔遗弃了的，她是淡淡的。造物主给每一方土地一张白纸，让他们尽兴地描绘自己。他们有的把自己描绘得金碧辉煌，有的把自己装扮得雍容华贵，有的则挥洒着热情奔放，而她——苏州，在温暖的太阳底下，用水描画着自己，以致她的历史沉淀都透着素淡，以致她纤细的血管里流淌着的都是隽永的水。

　　是的，苏州是浅色的，但绝不是无味的。淡淡的苏州时时沁散着神奇的馨香，她会起舞在三月，让缤纷与花香载满每一条河流。那是一种古老的幽香，是幽远地延续到现在的千年古塔中所飘逸出的一种幽香，是精巧的园林中所发散出的一种幽香。我努力地想把这香味描述清楚，但最终却发现这是一种徒劳。它存在于苏州的每一片空气中，滋长在苏州的身体里，而当你接近它时，它却躲到了你的背后——苏州，安静的苏州不想被打扰，她的味道是悠长的历史所酝酿。

　　千百度的战火纷飞，风起云涌，苏州却保持着她昔日的姿态，看她傍着潺潺的流水，细心、娴静地给自己梳洗着，整理着。无论外物如何，她总是那般的心静如水。她定是在执着地追求一种境界，一切的东西到了苏州都变成了软的、轻的，透着水的灵性。

　　在造物主所赠的白纸上，苏州就这么轻描淡写着，与世无争地绘画着，不经意地把自己阐释得淋漓尽致了。

　　苏州，什么时候最美？

　　她扭头只轻轻笑了一下，又继续着自己了。

（指导老师：朱骏宇）

120

背起背包游新疆

黄洋阔

　　自懂事以来，各种各样的心愿在我的脑海中浮现，它们有的五彩斑斓，有的可爱幼稚，有的美丽甜蜜。我最大的心愿就是能游历祖国的大江南北。这不，今年暑假我来到了祖国的西部，走进了"瓜果之乡"和"歌舞之乡"——新疆。

　　"新疆是个好地方，天山南北好牧场，葡萄瓜果甜又甜，煤铁金银遍地藏。"在新疆游历的十天里，我不仅大饱了口福，还一饱了眼福。我触碰过茫茫的戈壁，懂得了什么叫荒无人烟；欣赏过广袤的草原，知道了什么叫水草丰美；仰望过高大的胡杨，惊讶于它三千年不朽的神话；倾听过坎儿井中的潺潺流水声，体会到了生命之泉的意义。克拉玛依的丰富石油给我们今天的出行带来了极大的方便；吐鲁番的葡萄瓜果为我们的生活增添了一丝香甜。我们去了神秘的"魔鬼城"，见识到它所展现的奇特样貌；我们还身临哈纳斯，折服于它的粗犷豪迈之美，出尘脱俗之姿。

　　走进那片净土——哈纳斯，就是走进了心灵的伊甸园。我们深一脚浅一脚地走着，原始森林里到处散发着泥土的芳香，树木苍翠，枝叶遮天，野花或浓或淡，涂抹着整个山野。我们漫步在哈纳斯的湖边，聆听着风在林间徘徊的足音和溪水疏密有致的弹奏，还有那若有若无的鸟鸣。不知地球上还有没有这样未曾被人类破坏过的世外桃源！

　　新疆的神奇是千年岁月孕育的，一座楼兰古城的遗址，一处交河古城的残迹，一个高昌国的故事，一个神秘罗布泊的传说。不管它们毁于战火，还是被风沙侵蚀，在它们荒凉的表情里都有太多的神秘。茫茫的戈壁、酷热的火焰山、皑皑的雪山……它们铺展着丝绸之路漫长而又艰辛的旅程。我仿佛看到了当年的张骞下西域历经的多次生与死的考验！在与戈壁瀚海、雪山草原相伴时，与广袤苍穹、千年陈迹对话中，我都有一份沉甸甸的收获。

　　小的时候，我特别喜欢跳新疆舞蹈，穿上维吾尔族姑娘的裙子，头戴一顶有无数条小辫子的花帽，别提有多神气。这次来到新疆，我还有幸在吐鲁番目睹了维吾尔族姑娘的舞蹈，好客的姑娘还邀请我们一起跳舞。我们跟着新疆姑娘一起扭肢摆臀，心里别提多开心了！

　　欢乐的时间总是短暂的，十天的旅游很快就结束了。从飞机上向下俯瞰，白雪覆盖着的天山，依旧那样圣洁；云雾笼罩着的哈纳斯湖，依旧那样神秘。"新疆亚克西（新疆好）！"我在心里默默地念道。

　　眼睛是最好的照相机，大脑是存储最久的底片。就算走到了天涯海角，我还能闻到瓜果的香甜，还能感觉到羊肉的香滑可口，还能听到动人心弦的新疆民歌。博格达峰遮不住闪闪金波，塔里木的石油新城灯火辉煌。

　　走遍了大江南北，最美的还要属新疆。

（指导教师：苏雪珍）

122

热血少年挑战生命极限

——十二岁单车万里拉萨行

杨博文

我是一名刚刚升入中学的十二岁少年，像很多生活在都市的少年一样过着无忧无虑的快乐生活，了解自然、接触社会、探索新奇是我最感兴趣的活动。以前都是老爸带我玩，今年却是我"带着"老爸骑车游历了一回拉萨，真可谓艰辛异常，收获颇丰。祖国的大好河山令我陶醉、令我痴迷，每每回想起来，五十个日日夜夜就像放电影一样尽在眼前，那情景简直可称之为"西行游记"了。

说起与我老爸骑车旅游，起源于一个非常偶然的机会。因我的老爸老妈都是中学老师，和我一样每年两个假期，所以我非常向往假期的生活，可以和爸爸妈妈一起玩个痛快。最好玩的就是能带我出去旅游了，别看我只有十二岁，大海、草原、沙漠、森林我都见识过，名胜古迹也看了不少。2002年，在我小学四年级暑假期间，老爸突发奇想，提出带我骑车旅行，这正合我意，要知道我自行车骑得超酷，太原的大街小巷几乎都被我转遍了，所以没有丝毫的犹豫就答应了。第一次出去没敢翻山走远路，只是顺着108、208、307国道经祁县、太谷、介休，过孝义、汾阳，玩平遥、上绵山，痛快淋漓，从那以后一发而不可收。在两年多的时间里，我们已经走过晋南、晋东南、河北、河南等许多地方，赵州桥、石家庄、三门峡、洛阳、开封都留下了我们的足迹。在得知今年九月是西藏自治区成立四十周年的消息后，就打定主意要亲眼见识一番。然而，西藏拉萨遥遥几千公里，又有青藏高原横亘其间，况且我老爸虽与自治区同龄，只有四十岁，但高血压、脂肪肝等一些"富贵病"却早已让他老人家先"富"起来了，犹豫了很久，迟迟不知该如何表明自己的想法。直到年初我过生日时，才试探地向老爸提出将西藏之行作为我十二岁生日礼物的要求。尽管家里人都极力反对，好在老爸"童心未泯"，终于答应下来。我们便商定好行程和日期，准备好必备的用品，带着百倍的勇气和坚定的信心，于6月26日迎着早晨的第一缕阳光，踏上了挑战雪域高原的西行之路。

刚开始，我们都精神焕发，以每天一百多公里的速度前进，经祁县、太谷、平遥、临汾、侯马直至运城，看着多次往返、似曾相识的景物，心中充满了对未知世界的好奇与渴望，可看到高大雄伟的解州关帝庙和浦津渡铁牛时，还是不由得眼前一亮，这难道真是几百年前老祖宗留下来的真迹吗？看着斑驳的墙壁和栩栩如生的形态，真让人感到先人的伟大。由于玩得高兴，耽搁了行程，当日只好摸黑骑行在黄河岸边的乡间小路上。小路不但凹凸不平、让人分不清东西南北，而且路边不时有"鬼火"蹿出，吓得我毛骨悚然，汗毛直竖，要不是有老爸相伴，我肯定早已抱头鼠窜了。过黄河进陕西，巍峨耸立的华山和西安高大的城墙，同样让我流连忘返，赏心悦目。

然而，当我们进入甘肃境内，情况就发生了很大的变化，山高路险，让我玩心全无，每天都需要付出极大的努力才行。望着眼前被渭河洪水冲毁的路面和山体滑坡造成的泥滩，更是觉得胆战心惊，紧紧跟在老爸后面，不敢有丝毫的懈怠。好在路上遇到三名从西安骑车出来旅游的大学生和一名郑州大学生，一路谈天说地，倒也自在，不知不觉到了天水麦积区，终于可以长舒一口气了。过陇西，上渭源，到兰州，除一路翻山上坡外，好多处的公路又被太阳烤得直"冒油"，路面像铺上了不干胶，骑上去似乎有种被粘住的感觉，寸步难行。几十公里下来，满车都是黑色的沥青，好多次不得不停下来清理我的"坐骑"。阳光下闪闪发亮的柏油路，看上去倒像一条黑色的巨龙缠绕在群山峻岭之中，分不清哪里是头、哪里是尾。可所有这一切都仅仅是艰难历程的开始，真正的考验——青藏高原正虎视眈眈地注视着我们的一举一动，随时准备给我们以更艰巨的考验。

进入青海，已是满目西北风情了，少数民族日渐增多，好在都会说汉语，沟通不成问题，不过饮食差别较大，我们只好将副食做主食，将咸菜当佳肴了。从西宁出发，正好赶上阴雨绵绵，白天气温都只有2～3℃，到湟源短短50公里的行程，就让我体会到由夏天一下变到冬天的滋味，一路上将所带衣裤一件件全穿到身上，却仍感觉不到夏天的温暖，就连每年一度的环青海湖国际自行车赛也不能幸免，不得不缩短比赛距离。这或许就是当地人为什么在炎炎夏日烧暖器的原因了吧。烟波浩渺的青海湖、广阔无垠的高山草原就是以这样独特的方式来欢迎我这位"不识时务"的远方客人，可以说这是青藏高原给我的第一次洗礼吧。

再向前走，翻越海拔3817米的橡皮山时，那里的景色却着实让我大吃一惊，这哪里是草原，简直与沙漠无异，黄色的山、黄色的土，甚至连罕见的几簇小草都是黄色的。面对如此恶劣的自然环境，老爸顿感忧心忡忡，原本已筋疲力尽的我更是一片茫然，不知所措。据当地人说从此处开始一直到唐古拉山口，情况都差不多，而且越往前走人烟越少，连绵两千余公里的高原，近乎荒芜，这才是真正考验的开始。虽说我们一路带着帐篷、睡袋，在家也曾无数次地向往过露营的情景，但面对眼前的高原不光是我，就是老爸也不敢轻举妄动了。黑夜的寒冷、凛冽的大风和时常出没的狼群早将我的好奇心驱赶到冥王星上去了，所以每天必须设计好行程，向下一个目标进发，无论相距多远，都必须尽最大努力赶到，否则后果将难以想象。谁知祸不单行，又赶上天天刮西风、南风，不要说骑车上山，有时下坡都需要推着走，听老乡讲，这几天的风还算小的，要是遇到大风，那可是飞沙走石，人连站都站不住。这么大的风单凭人力来与之对抗，谈何容易，耳边全是西北风呼啸的声音，连呼吸都不知该怎么调整了，经常被风噎得脸红气短。从宗家乡到诺木洪仅50公里，还一路无山，我们顶风竟走了整整一天，时速不到6公里，也创造了骑车最慢的纪录了，就这样坚持着、前进着，翻山赶路直到格尔木。当然也有例外的时候，那是从茶卡去都兰的路上，原来担心130公里的路程一天能不能赶到，而且早晨出来时已近九点，中间还隔着几座大山，如果不能如期赶到就连晚上的吃住都是大问题了，然而出来后的天气却格外的好，晴空万里，下山时又正赶顺风，由于青藏公路车少无人，此时都成为非常有利的条件，我们便放开手脚向前冲，时速居然达到了每小时68.8公里，又创造了我的一个最快纪录，那感觉简直是美妙至极，无与伦比，跟飞起来一样，只可惜这样的行程太少了。

格尔木原本是一座不大的城市，但在青藏高原上也算是大的了，一过格尔木就都是海拔4000米以上的高原了，我在向往与不安的心理中见识了察尔汗盐湖和万丈盐桥，并休整充实着装备。不仅如此，还需要给老爸做思想工作，因为担心我的身体受不了，他已多次劝我打道回府了。说实话，我也早想回家与爷爷奶奶团聚、吃老妈做的可口饭菜、与同学欢聚一堂了，可西藏的神秘、拉萨的召唤，信誓旦旦的承诺，都驱使我义无反顾、勇往直前，便"带着"老爸直奔唐古拉山而来。

在翻越海拔4767米的昆仑山时，爬行在玉珠峰雪山脚下，似乎地球的引力特别大，每爬升一米，都会呼出十几口热气来。或许是高原缺氧的缘故吧，尽管使出全身力气，却也只能像蜗牛般在公路边上蠕动；运输货物的卡车比我们好不了多少，冒着黑烟，喘着粗气，轰轰隆隆的从身边走过，速度慢得不及轻装行进的路人。过不冻泉、上可可西里已是傍晚时分，前不着村后不着店，只好求助于索南达杰自然保护站，当他们听说我只有十二岁时激动异常，打破不接待游客住宿的规矩，热情地接待了我们。在此，向他们表示我衷心的感谢。翻越海拔5010米的风火山口，更是困难重重，公路难行不说，忽上忽下、忽左忽右的山路转得人晕头转向，上坡时大汗淋漓，下坡却寒冷难耐，好不容易爬上山口，坐在地上硬是二十多分钟没能站起来。

在行程中经历了各种困难和挑战，而最难忘的还数翻越海拔5231米的唐古拉山口了。从40公里外的温泉远望，只见云遮雾罩，若隐若现，唐古拉山就像一座高大的纪念碑耸立在眼前，唾手可得；又像是海市蜃楼般挂在天边，遥不可及。从温泉出来不久，天空就变得阴暗异常，紧接着便是风雨交加，越往高走天空就越低，乌云压得人抬不起头来，似乎伸手可及，周围的草地在雨水的笼罩下朦朦胧胧，我被冻得直打哆嗦，说话更是语无伦次了，好几个小时路上无人无车，苍茫天地间好像就只剩下我和老爸两个人了，当时的心理"恐怖"极了。短短的40公里山路，就把我"折磨"得精疲力竭，老爸此刻也早已是"忍气吞声"了。上到山顶，看到的仅仅是远处的雪山和刻着"唐古拉山口海拔5231米"的石碑。不敢怠慢，匆匆照了几张相片便被老爸催着下山，可还是迟了，一阵突如其来的冰雹轻而易举一下将我们打进海拔5100米的天下第一道班，只几分钟的时间，我便像被水浇过一样，浑身湿透。而转念一想倒也"合情合理"，谁让我们已十几天没脱衣服睡觉，没洗脸洗澡了呢，就算是一次天然沐浴吧。好在头道班有我们爷俩的容身之处，我们用牛粪生火，除烘烤衣裤外又享受一番另类"桑拿"了。

经过四十三个日日夜夜的奔波劳顿，四千余公里的艰苦跋涉，8月12日，终于到达了此行的目的地拉萨。望着宽阔的街道和雄伟的布达拉宫，成功的喜悦荡漾在我们父子心中。一路上，阳光晒黑了我们的皮肤，风雨锤炼了我们的意志，困难险境考验了我们的毅力，长途行程锻炼了我们的身体，各样人文地理增长了我们的见识，优美风景净化了我们的心灵。我骄傲，因为我战胜了高原的气候、高原的风雪、高原的大山；我自信，因为我用自己的行动验证了"世上无难事，只要肯登攀"这句话的真正内涵；我更高兴，因为我经历了困难重重，实现了自己心中的梦想。一路上，我呼吸着高原清新的空气，领略着雪域高原绝美的景致，见识着风格迥异的少数民族的生活，聆听着一个又一个古老而美丽的传说，一切都是那么美好，都那么让人回味无穷。

回想着一路的经历，苦、辣、酸、甜、咸样样俱全，曾经为了赶路不得不在雷雨交加的凛冽寒风中翻山越岭；为了能找到栖身之所不得不每天骑行十二小时以上；为了看似简单的目标不得不放弃美食的诱惑。一天一顿饭或是几天一顿饭早已不足为奇，我们已将生活的要求降至最低，只要能抵御寒冷，不惜四人挤在一间不足七八平方米的房间内相拥而眠；只要能避免露宿荒野，不惜借宿于兵站、道班、保护站、藏民家，甚至修建青藏铁路的中铁公司，当我在羡慕乘车旅行人的优雅舒适时，他们却在羡慕我的勇气与胆量。近五十天的付出与收获是难以用几句话表达清楚的，但最值得我骄傲的是，据索南达杰保护站的大哥讲，我已成为穿越青藏公路年龄最小的骑手了。

今天的西藏是美丽的，他早已不是我以前在课外读物上见到的西藏。拉萨是美丽的，他的美丽来源于四十年的发展，来源于四十年各族人民的共同努力，平等、和谐的幸福生活映在了每一个西藏人快乐的笑容里，日益增长的物质文化生活水平，体现在每个拉萨人欢快的脚步中。高山是美的，绿水是美的，然而比山水更美的却是祖祖辈辈生活在那里的人，尽管他们并不富有，但正是他们曾多少次地给予我们无私的帮助，让我在荒凉的高原体会到

127

人间真情。

　　十二岁的暑假，小学毕业的暑假，我放弃了安逸的生活，选择了艰难的历险，却收获着丰硕的成果。人常说春华秋实，每年的十月才是收获的季节，可我却在提前享受着收获的快乐，这使我更加相信：有耕耘就必会有收获，付出的越多，收获的也就越大。西藏之行、拉萨之旅同我十二岁的生活一样将成为我成长历程中的一座里程碑，无论快乐，无论艰险，都将成为我记忆的永恒。

（指导教师：周幽芳）

凤凰——一些印象

李小茜

远离尘世的喧嚣，我们终于踏上了这片淳朴的土地——凤凰古城。看别具一格的吊脚楼，看沱江静静地傍着古城，看熙熙攘攘的苗家人，你的心灵会感受到一种从未有过的宁静——尽管你的耳边有嘈杂的叫卖声……

楼

吊脚楼似乎永远都是湘西的特征。木制的小楼下几根木棍连接着楼和水，这些就是"脚"了吧。虽然老式的吊脚楼外表是那样的粗陋，虽然它们比不上那些亭台楼阁，然而那是怎样美丽的小楼——它们无不凝聚着湘西人的智慧！

于是，沱江河边有了一道美丽的风景线！

路

走在青青的石板路上，感受它所经历的风雨与沧桑，忽一抬头，看到弯弯曲曲的石板路上几个背着背篓的苗家人在向前走，她们的神态是那么祥和……

歌

总忘不了苗家人的歌声，那种"余音绕梁"的意韵，似乎是他们的"特产"。

129

《边城》里二老为翠翠在月夜里唱的歌"梦中灵魂为一种美妙的歌声浮起来了，仿佛轻轻的飘着"让她飘上了悬崖摘到了虎耳草。

这是一种怎样的歌声啊，用"三月不知肉味"还不够吧！

水

沱江水绕着古城静静地流淌，宁静中我似乎看到了它的灵气，我想到了沈从文——是沱江水给了他生命，又是他发现了沱江水的灵气。难怪沈从文说："我认识美，学会思索，水与我有极大的关系。"

清清的沱江水哟，倒映出一位文学巨匠！

踏着石板路去寻找沈从文的足迹，抚摩着古城墙穿越时空去看那一场场战争，坐在船上去听那一首首歌……那是一种怎样的激动！

看那楼、那路、那水、那人——一幅漂亮的图画！一个美丽的湘西！

耳畔，似乎又听到了水手摇桨的声音。

（指导教师：陈楠）

归来吧，岛

段雅婷

我站在海边，望穿那条窄窄的海峡，宝岛的身姿在海中摇曳。热血沸腾直升起"归来"的希望！

台湾，你离开祖国怀抱多年了，你累了吗？你想家了吗？归来吧，回家吧。母亲已为你准备好了热乎乎的菜肴，为你酿造了醇香的美酒，时刻准备着迎接游子的回归！

台湾，还记得《乡愁》吗？写得多好啊！"你在那头，我在这头。"窄窄浅浅的海峡为什么能隔断你我？你在海上游荡，有没有一股浓浓的乡愁缠绕在心头？母亲可是时刻牵挂着你啊！兄弟姐妹们都盼着你归来。你还有什么放不下？还有什么牵挂？可望而不可即，早已使母亲愁肠尽断。

台湾，母亲不怪你，你有你的认识，我有我的理解，你选择了自己的路，母亲绝不阻碍你的前行。你我是有代沟，但那只是浅得不必在意的认识差异啊。你快回来吧，有什么事是一家人不能坐下来谈的？彼此协调和帮助，只会使我们更加美好。你先回来吧，难道我们之间就如此不容？可你的人民与我的人民不都心灵相通吗？那是血浓于水呀！

台湾，别怕，有谁敢胁迫你，有谁敢恐吓你，你就和母亲说，母亲为你出头，母亲保护你！你不要恐惧，对手虽强，但你也要看到你母亲的强大。母亲已不再是当年那个任人欺侮的弱女子，现在的母亲有能力为你撑起一片蓝天。香港和澳门不都平安回家了吗？你没看到他们的欢乐与安全？归来吧，母亲的胸怀宽广，母亲的臂膀大开，只希望你那毫不犹豫的一扑，真真切切地叫一声"妈"！

东方的红日升起，希望的曙光破晓，两千五百万的同胞望穿秋水，十三亿的兄弟望着宝岛喊："归来吧，岛！""归来吧，台湾！"

（指导教师：牛晓丹）

我站在壶口边上

白梦娇

　　黄河——中华民族的母亲河。她滋润了璀璨的中华文明，哺育了亿万炎黄子孙，蓬勃了神州万里生机。

　　涌来万顷排空势，卷作千雷震地声。黄河从偏关老牛湾滚进，从河曲峻岭间折弯，似一把利剑将秦晋高原劈为两半，表里山河，豁开一道气势宏伟的峡谷，滔滔巨流咆哮而下，到了山西省吉县一带，骤然收束于仅五十米宽，落差三十多米的石槽中，霎时间卷起千堆金浪，急流撞壁，搏岸击石，阳光照射，云雾横生，"听之若雷霆，望之若彩虹。""彩桥通天"、"水里冒烟"、"千丈龙槽"、"雷首雨穴"的壶口四大奇观尽显黄河的壮美。

　　壶口景色，四季迥异。冬天，山寒水瘦，条条冰柱环绕一挂悬瀑，形成冰桥金碧珠帘，雄壮之中有玲珑。春天，冰凌碰撞，如磐的冰块蜂拥而下，如千军布阵，万马奔腾，变化之中藏玄机。夏季，龙潭牛烟，瑰丽的彩虹连接天宇，伟岸之间显壮美。秋季，洪涛怒号，虎啸龙吼，开天一堑的大峡谷中呈现出气撼山河的壮丽。

　　我站在壶口边上，耳边响起李白的诗句："黄河之水天上来，奔流到海不复回。"看，黄河挟裹着一路风尘，浩浩荡荡，汹涌澎湃，一往无前。她的每一滴水，都体现着至尊的威严，她是中华民族的象征。瞧，黄河涌起了滔天巨浪，气势磅礴，滚滚而去。她的每一朵浪，都显示着凛然的正气，她是中华民族的标志。

　　我站在壶口边，看排山倒海的滔滔黄涛，听惊天动地、震慑心魄的贯耳雷声，洞穿五千年的悠悠岁月，我看到了历史上中国人民的顽强，新时期中国人民的奋进。黄河壶口瀑布，高唱着中华民族不屈与奋进的赞歌，演奏着中华民族响彻天宇的旋律，此刻的我，才领悟了黄河壶口之所以成为中华民族精魂的原因。

我站在壶口边上，心头涌荡起一种从来没有过的情愫：我骄傲，我是黄河的传人；我骄傲，我是中国人。

（指导教师：熊婷婷）

成　长

王佳妮

　　小时的我或许对祖国没有什么深刻的印象。祖国？那是可以和斑斓的糖纸、蹦跳的小狗一样可爱的吗？曾经年幼的我不理解"祖国"这个词的含义，依稀记得老师说过，那是令人崇敬与热爱的。

　　一年级时胸前佩戴上飘扬的红领巾，崇敬中仍有疑惑。于是我盼望着成长。

　　当"神舟"飞船呼啸着直击苍穹时，那升腾起的熊熊火焰被点燃。耳边萦绕着人们欣喜若狂的欢呼，不知为何，心中竟泛起一阵共鸣似的兴奋。

　　我渴望明白，为何会有这样的情愫埋藏在心田，为何会有这样的激情冲击着胸膛？

　　慢慢成长着，答案就越来越清晰了……

　　终于，等到了那一天，2008年8月8日，祖国向世界展现了一个无与伦比的盛会，如此绚丽而又蕴涵着中国五千年灿烂文化的盛会啊！又一次坐在电视前，被深深震撼的我，甚至只会发出一阵阵的赞叹。那是将祖国的腾飞昭示天下的艺术品！之前千千万万的人付出的汗水，在这一刻得到了最灿烂的释放！

　　在那孕育着蓬勃生命的"鸟巢"中，五星红旗一次又一次飘扬在空中，此时的华夏儿女怎能不心潮澎湃？一块块金牌与一次次超越，代表着我们祖国的日益强盛！运动健儿登上最高点的那一刻，眼中所拥有的骄傲与感动，竟与我的感触有所吻合——我想我找到了答案。

　　祖国为何物？是瑰宝，是标志，是母亲，是精神。

　　在这六十年的征途上，祖国经历了太多崎岖。祖国为了我们的幸福生活而成长，我们为了祖国的辉煌未来而成长。

　　我们渐渐成长，肩上所背负的责任越来越大。我们渐渐成长，中华民族的血脉需由我们传承。

（指导教师：钱晓蓉）

越来越好

王　睿

　　每逢假期，父母常会带我到北京一游。看惯了北京的繁华，高架的立交桥，车水马龙的街道，今天想随旅游团逛一逛十年前曾游过的北京胡同，再寻记忆中的原生态北京。

　　坐在旅游巴士中，听着周杰伦的歌，闭上眼睛想象着印象中的小木门，方方正正的四合院及院中央那永远也抽不干的水井。很快，车子在人们的欢呼雀跃中停下了。眼前的景致却让我呆住了。记忆中狭长的街道两旁，京城人家的小木门不知何时已换成了红漆铁门，而且许多门面都已变成了极富个性的小店铺。没有霓虹闪烁，又不见印象中的原始古老，有的却是别样风情。沿着幽深的胡同向前走，只听望不见的深处，一声京味十足的吆喝，惬意地回荡在耳畔。

　　走进一户四合院，不见了印象中的冷清，里面的一家老小正在忙活着，见我们进来，热情地招呼我们。主人是一位鹤发童颜京腔京韵的古稀老人，在和我们交谈的同时，又不时地用流利的英语招呼着老外，主人的小孙女耐心地教老外包饺子。见我好奇，老人家笑着说：“丫头啊，如今我们的胡同可是大不一样了，现在不是都地球村了吗，好多外国人来这旅游，我们也得和国际接轨了不是。”“是啊。”衣着时尚的小孙女插话说，“隔壁李奶奶都八十六了，还让我教她外语呢。”“胡同四合院少了，外地人愿意看一看我们这四合院里的生活。我们呢，日子也越来越好了，每天招待远道而来的客人，尽一尽地主之谊。”老爷爷还告诉我们，从这里出门没两步，就可以到新落成的街道服务中心享受网络数字化的服务。找工作、买票、看病挂号都可以通过电脑轻松完成……一天的胡同生活让我们深切地感受到青砖碧瓦的四合院，随着祖国的腾飞已深深融进了这繁华街市，搭上了飞向未来的航船。

结束了一天的旅程，巴士返回天安门广场，广场旁"努力践行科学发展观，为建国六十周年献礼"的大幅标语分外醒目。是啊，当神舟飞船的火光划破天际，当北京奥运会的开幕惊艳世界，中国终于走出了长长的胡同，向世界展示了真正的东方巨龙的风采。六十年的艰辛换来沧桑巨变，胡同在变，人们的生活在变，祖国的未来也必将变幻出更加绚烂而恢宏的色彩。

　　远处响起宋祖英的歌——《越来越好》！

（指导教师：聂虹）

第七部分　我站在壶口边上

阳光下的我们

高 萌

　　"阳光男孩，阳光女孩，阳光下成长……"每当耳畔响起这首歌时，心中总会充满感激。感激什么呢？

　　六十年前，一条巨龙跃起，屹立在世界的东方，充满无限激情和活力，她就是我的祖国！

　　我们饱经沧桑的祖国面临过土地的分割，承受过战争的痛苦……终于，一声呐喊从北京天安门传来："中国人民站起来了！"那样充满力量，那样充满朝气，仿佛要告诉所有人她的雄伟。

　　现代社会的我们，不用再忍受饥寒与战争的痛苦，我们可以丰衣足食，在课堂上遨游于知识的海洋，在家中享受父母的呵护，在阳光下茁壮成长。当我们享受这一切美好时光时，你可曾想过，我们的幸福生活是怎样来的呢？是无数革命先辈用鲜血与生命换来的。对此，我们难道能不感激吗？

　　长江黄河永不会停息，万里长城永不会倾覆，巍峨五岳永不会折腰……不管多少世纪以后，你仍然可以看到屹立在东方的巨龙。

　　少年智则中国智，少年强则中国强。今天，让我们在阳光下一起宣誓：好好学习，让祖国在世界东方的土地上屹立不倒，在群星中更加璀璨，让我们携手创造更加美好的家园！

　　祖国啊，我的祖国！你是我们心中生生不息的圣火，照耀着我们摆渡历史的长河；你是我们心中念念不忘的母亲，呵护着我们健康茁壮的成长！

　　祖国，你可曾听到我们的宣誓？现在的您让我们无比骄傲，明天的我们会让您更加自豪。阳光下，在祖国温暖的怀抱中，我们和您一起成长！

（指导教师：陈礼权）

第八部分

天使梨花

　　在家乡盛满醇香的日子里，夜在浅斟短吟，阳光流火，点燃了你久滞的音信。好客的小山村，把阳光的你邀进农家小院，任窗外的那枚红月亮明明灭灭，闪烁着一片夏夜的清凉。

——徐梦瑶《红红的落果》

我的老屋

戴 维

可恶的泛着蜡黄的灯光挤进了我的眼帘，不得已要起床了。多想再小憩一会儿呀，可是只剩下五分钟就要上课了，我一溜烟似的从被窝里蹿入教室，头脑里混沌极了。窗户外面，远方的大地像被一张紫蓝色的锅盖罩住一样，启明星被第一个邀请出来，亮亮的，水水的。

阳光从窗外泻入教室，流过了窗台，流过了书本，流过了桌子，慢慢地淹没了我的胸膛，越过了我的鼻眼，流进了我的脑海，将那张巨大的银幕浸泡在阳光的药水里，银幕就像相片一样，越发地清晰。银幕吸着药水，开始膨胀了，包裹了我的脑袋，又吞噬了我的整个躯体，一切都变得平静了……噢，那不是老屋的平顶吗？还有桐树的杂枝！充满了青灰的老屋，是谁在生炉子呢？啊！那是父亲，他正蹲在炉子的对面，缓缓地扇动着蒲叶扇子，股股的浓烟从炉子的上端不断地向外漏出。随着扇子的摆动，它便时缓时急，不时还有几根火苗从火炉的肚子里吐出来。

我的老屋显然已很颓废。一个倒置的瓮缸形状的小木门，一排疙疙瘩瘩的土墙夹杂几间红砖砌成的房子，墙头枯草儿随风摇曳，凹陷下去的地方，隐藏着已发黄的绿茵。桐树的外皮早已将箍住它的铁丝吞食进去，而泛起一圈特殊的年轮。但在我的心里，我的老屋是一个偌大的酒缸，经历的时间越长，演绎的故事也就越发地醇香。

一个小家伙面对着火炉，两眼盯着火苗儿，看着被火烧灼得发红了眼睛的父亲。

"到院子里玩去。"父亲对小家伙说。那声音飞过他的耳畔，打到土墙上，桐树的枝干上，跑进了后院，撞了个满天开花，又分散到老屋的每个旮旯。

于是他便跑到院子里，回头看了看闪动的火苗，对着它笑了一笑。父亲用发红的眼睛看了他一眼，两颊泛起了微笑，又继续生炉子了。

过了一会儿，缕缕的阳光，透过稀疏的树枝，钻进了院子。

噢，麻雀！好久没见了，追！小家伙在院子里奔来奔去，轻盈而自然。他并不知道它会在什么时候停下来，所以常常扑倒在地上，而身后的阳光扑倒在他的身上，那只小麻雀，就像一只小蚂蚱，一会儿趴在墙上，一会儿跳到铁丝上。他奋力一跳抓了一手的铁锈，而麻雀可能是因为自觉乏趣，竟飞走了。

他睡着了，是那样的甜蜜又是那样的宁静。

忽而，他猛地醒来了，好像谁泼了他一头的冷水。听到房外风箱的"嗵咔"声，他摇晃着走了出去，看到母亲正在做饭，便有些放松了。他又想起来要去学校，可母亲对他说："今天是星期天，不上学的。"她说得那样的随意与和蔼，像由静静的音符组成的河流，穿过他的心灵，顷刻流遍了整个老屋，而他总是觉得迷茫和无端的彷徨，可能是因为没有看到父亲，也可能听到了母亲的话语，既觉得压抑又觉得高兴。

一阵清风吹过，带来了桐树的飒飒声和老屋深沉的气息。他呆呆地聆听着，倾诉着，彼此心照不宣，无须任何话语。

午后的阳光更是迷人，混杂着金色的粉末，洒进了院子。这时老屋像是犯了错的孩子，又像被关在笼子里的小鸟，沉浸在自己的回忆之中，默默地耷拉着脑袋。

那小家伙站在院子的中央，暖暖的阳光抚慰着他，无数的光线满载着无限的关怀、无私的疼爱和无边的宽容，静谧而幽逸。

倏忽神用神斧砸碎了回忆的影壁，我不得不乘着最后的一缕阳光回来了。早读结束了，同学们正陆续向食堂走去。

（指导教师：闫艳玲）

天上的山，梦里的水

唐戈容

我在桂林读书，可魂牵梦萦的，是我的家乡。

我的家乡坐落在美丽可爱的资源县。在这片古情悠悠美好富饶的土地上，上天赐予了这里的人民婀娜多姿的山水画廊——资江。

资江水，碧色绸。资江像一条美丽的碧色飘带系在家乡的土地上。江流水急却清澈见底。夏天，青青的水草铺满了河底，绿得让你心醉。乘舟而下，舟移景换，远望"山重水复疑无路"，近前方"柳暗花明又一村"。一弯清江，晶莹碧透，两岸婆娑的树影，倒映水中。游鱼水藻，历历可见。偶尔有几片黄叶飘浮在其间，颇有几分唐诗宋词的意境。

神象痛饮资江水，只看风景不思乡。传说漓江边上原来有三只神象，母象带着它的小象来资江饮水。江水又清又甜。它们喝着就不想走了。再看看眼前绮丽的风光，它们在资江安家的心就更加坚定了。瞧，现在它们灰蓝色的身躯上披着绿衣服。春天，衣上还会绣上美丽的映山红，当它们换上黄色大衣时，秋天来了。小象幸福地依偎在母象身旁，闭着眼，贪婪地享受着源源不断的江水。这种神似的景致，惟妙惟肖，令人叹为观止。

怎样的美景让神象都不忍离去呢？还要数天下一绝——风帆石。远望，它如一艘扬着帆的船在波澜壮阔的大海上迎风前进；近观，一块巨石拔地而起，绝壁如削，那高而不傲的气势为天地之精华，真是鬼斧神工所铸。它象征着资源昨日的美丽富饶，今日的展翅腾飞，明日的灿烂辉煌。资源县人民在它的美好祝愿下，生活幸福、安康！

多情的资江水哺育了多情的人民。我对资源山水的爱，无法用语言表达。此时此刻我想起了著名作曲家浮克为资源创作的一首歌：

这里的山，是天上的山，山上淌着欢乐的泉；

这里的水，是梦里的水，我的天上人间……

(指导教师：蒙小荣)

红红的落果

徐梦瑶

在家乡盛满醇香的日子里，夜在浅斟短吟，阳光流火，点燃了你久滞的音信。好客的小山村，把阳光的你邀进农家小院，任窗外的那枚红月亮明明灭灭，闪烁着一片夏夜的清凉。

闭上眼睛，抚摸爬满青苔的记忆，每一根神经，都结满潮湿的酸果。没有你的日子，无法想象，西天的斜阳是怎样被心凝望成一颗熟透的思念。而眼前弥漫着土味的马路边，人们蜂拥着抢购红红的落果。还记得你艳红的上衣，走过故乡的土地吗？走过故乡春天的山冈吗？说是来采撷一段鲜活的记忆，抑或丈量一段童年的距离。钟情的目光掀动季节的窗纱，你轻轻抚落我秀发上的落叶，我闻到果子成熟的气味，充溢着生活的角角落落，饮醉蜂蝶——而我的周围布满春天的触角，难以握住每一段光华，把渐远的背影踩成湿漉漉的梦境。

你走的时候，正是初秋。我听见一颗心碎时的脆响，把本是结满累累阳光的季节，摔落成一瓣瓣色彩纷呈的姹紫嫣红、鹅黄翠绿的故事，美丽又忧伤。昔日的天空已经远了。

雪落在家乡的大地上。命运，我多少看清了你的形状，你走了一条遥远的路，难道只是为我带来伤感的雪片。在这间烛光摇曳的房子里，你找到了我，并迟迟不肯离去。心蕊之上，重读悸动的雪的履痕，无法掩饰这份包含痛楚的牵挂。此刻，我强忍住淅沥的睫毛雨，打开封闭一冬的栅栏，努力想看清你，在涨潮的脉搏里聆听你的回声。一夜夜的阅读，我深入时间，而阳光却一天天铺开。梦的思念如春天般执着，任何一个手势，都让眼睛感动得生根发芽。

倾听大地的呼吸，茫茫无际的怅惘中，污浊与枯萎消失了。抬头是天，低头是地，远远的树梢上萌动着一行招展的絮语，叶唇上沾满了绿茸茸的渴望。窗棂别致的冰花，吸引着一群精灵的鸽子，漏洞般渗出天真顽皮，叩响春梦！如果此时有你。

生活，是无法确定的风，而你只不过是一粒种子。众多的梦幻、希望，曾使你的欲念膨胀，而现实给予你的往往只是一把土。在现实的土壤上，也许这原来就是一个美丽的错，人生就像苹果树，不仅要有开花的本领，更要有结果的能力。

哦，红红的落果！永远充满遗忘和温暖。

（指导教师：王淑英）

记忆中，那淡淡的槐花香

周 洋

　　我曾经读过一首诗，其中有几句，让我很感动："故国哟，要到何年何月何日，才能让我再回到您的怀抱里，去享受这个世界上，独一无二的，飘着淡淡槐花香的季节……"其中"飘着淡淡槐花香的季节"，给我感触最大，因为我亲身经历过：躺在漫地黄沙的小沙坡上，沐浴着清澈、灿烂的阳光，漫山遍野都流淌着蜜一样香甜的槐花香。虽不见花，但有暗香阵阵袭来……我想，那首诗的作者经历的，也莫过于此吧。

　　故乡给我的印象，就是如此的美，如此的神奇，如此的让我神往。我现在远离故土，想念的仍是那"飘着淡淡槐花香的季节"。

　　我已三四年没有回故乡了。乡下还经常有人送些槐花蜂蜜。闲暇之时，我便冲一杯槐花蜜茶，细细品味，品味我家乡的清雅、神奇与美丽。那些槐花蜜茶品起来，比城市中买的西湖龙井还要深奥，我常常捉摸不透。我想家乡给人的思念一定就是这种味道。

　　抵挡不住思念，我终于回来了……

　　走在那熟悉的小路上，我充满了幻想：房后，便是小沙坡，坡后是小河，还有竹林……

　　我把东西放好后，随爸爸一起到屋后的小沙坡上玩。穿过茂密的竹林，我终于看见了我久违的家乡。

　　结果，我很是失望。河边的青草还在，可河水却少得可怜，还油腻腻的，散发出一股腥臭味，河边还躺着几条死鱼，在阳光下，鱼体闪着白光，格外耀眼。这白光像利剑一样，刺在我的心上。耳边，爸爸跟我说家乡有许多可开发的铝矿，很有经济价值，所以家乡就办了个炼铝厂，厂子一办，家乡就富起来了，有许多人家还买了电脑……顺着爸爸的手，我看到远处有个工厂，高高的烟筒，灰不溜秋的厂房。烟筒正有一团团的黑烟冒出，似乎那烟还想要装朵云彩，扶摇着直上青天。阳光依然有，却不像以前那么清澈、灿烂，花香却再也没有了。鸟鸣呢？可想而知。

我很是痛心，回来再次穿过竹林时，竹林里有一只老母鸡带着一群叽叽喳喳毛茸茸的小鸡在觅食。这幅画很是和谐，算是给我一丝安慰吧。

那飘着淡淡槐花香的季节，已藏在我记忆深处，几乎要变成幻想。然而，我不希望，我不希望这样的景色变成幻想。我希望这段景色会储藏在地球上的另一个空间，哪怕没有人发现。

家乡呀，记忆中的家乡，还会回来吗？我美丽的家乡！

我在心底默念着这个世界上独一无二，飘着淡淡槐花香的季节……

（指导教师：张杰）

老巷·老屋

吕舍吟

　　沐着细密的春雨，撑一把素雅的油纸小伞，漫步于这日益繁忙的水乡小城。这个古老的城市曾几度为都，有着在当时气势恢弘的越王台，跨越历史长河的南宋六王陵等。随着时代前进的步伐，她奏响了一曲交响乐：一边是拔地而起的现代化大厦，一边是屹立久远的传统老屋；一边是四面朝天的喧闹的通衢大道，一边是不肯轻易抛头露面的幽深老巷。

　　走惯了长街闹市，看惯了摩天大楼，听惯了摇滚音乐，有机会去接触那古雅的老巷和老屋，真是别有洞天。侧着伞，小心翼翼地折进幽暗的老巷，才发现她是那么深远，需沉思着或心如止水耐心地走下去，才会不知不觉地走完。她是那么的迂回曲折，前面分明是厚墙一堵，无路可走，但一个弯，又是一方天地——依然是悠悠深巷，曲径绵长。老巷是青石板铺成的，算来这石板也是老人了，但依然有着冬暖夏凉的功效。可以想象，百十年前，老巷居民一定把这巷子看成自己的骄傲：人家王侯步红砖而青云直上，自家百姓行石板而悠哉游哉。或许——或许还把她当成安全的避风港：习字、下棋、看书……的确找不出比这更恬静适宜的地儿了。她是那么小，那么窄，竟能在这儿睡上那么久，包容那么多时空，她该有多么博大的胸襟啊！尽管，她的石板地已高低不平，斑驳了然了……

　　老巷是老屋围成的，无老屋，就无所谓老巷；老屋是老巷联组的，无老巷，老屋将消逝得了无痕迹。她们是互相依存着走过那忧患的岁月的。她们老了，不再有年轻时的飞扬跃动的情致了。

　　老屋是默默无闻的，她们无法与越王台相提并论，但她们朴实得极富诗意。她们就这样默然地挺立着，听着历史车轮的滚动，看着斗转星移，乾坤倒转。她们的内涵就这样一天天宽厚起来，逐渐丰富得不可洞穿。青苔爬满了原本光洁的石板地和墙角，不知名的藤条挂满了原本平展的墙面，原来高昂的飞檐翘角也钝了、断了……这些使老屋显得与历史同步，显得更慈爱亲切。

良久，雨还在不轻不重地敲打着老巷和老屋，发出脆脆的"咚咚"声。这巷和这屋蕴蓄着的细细流露的醇厚气度，如陈年黄酒一般，使人心里激荡起阵阵欲望——想品尝，想探究，更想拥有。忽然觉得这条老巷似一架音律极富神韵的古琴，这一座座老屋就似这琴上各执妙音的弦。于是，心里顿时腾起一股抚琴的欲望……

有人说，人，不能一味崇拜和迷恋过去；也有人说，人，忘记过去就是背叛。我觉得，通过与传统事物的接触，我们才能真正认识伟大的民族，真正为身为这一民族的人而自豪，才能更具体、更真切地感知家乡、祖国、东方乃至世界，才能真正品味到她们的美。传统的美，早已成为一种生动的精魂，完全融入故乡人——绍兴人、中国人，还有世界上所有同胞的血液中了，已熔铸成了深厚的、不可磨灭的情怀——才使得老巷和老屋成为我们的骄傲，才使得我们心目中的最美得以保存，才使得我们中华民族五千年历史文化的积淀得以流传，永久俯仰这沧桑人世。

（指导教师：骆丽红）

天使梨花

林国秀

　　故乡老家的院子里有一棵梨树，妈说她嫁过来时就已经有了，所以我是伴着它长大的。

　　阳春三月，梨花开了，满树的洁白，满院的飘香。一簇簇花团争着挤着偎着毛茸茸的阳光，更显得娇柔白嫩，惹得蜂吟蝶唱，好一派花虫争春图！这时站在树下，闭上眼睛，嗅着微风过处的缕缕清香，感觉仿佛进入了仙境。这一切都美得让人感动。

　　小时候，常在这时和伙伴们摘下白花朵朵，小心地插在头上，扮作新娘，那种童心未泯的感觉多少年来萦绕在心头。

　　古人形容哭泣美人的脸颊时说，那像一朵带雨的梨花。的确是这样，雨后的梨花惹人怜。清新的空气中，梨花摇曳，珍珠样的雨滴在花瓣上肆无忌惮地来回滚动，戏弄着花瓣；花瓣托着晶莹的雨珠，不就像泪珠划过美人的脸庞吗？站在远处，屏住呼吸，静静地看着，却不敢动，生怕惊动了这一幅人间天堂里的画。

　　望着一树的洁白，妈常说：做人，就要像它，清清白白。

　　十几年来，家里的树栽了一棵又一棵，唯有这棵老梨树风姿依旧。前几年家里盖房子，建筑工人嫌碍事，想把它砍了，妈说："它又不占建房基地，就留下吧。"我知道，妈舍不得。

　　离家好几年，已经很久没有再看到那一树梨花了，但在春暖花开时，怀念的，依然是牵挂在梦里头的那一树天使般的梨花哟。

　　　　　　　　　　　　　　　　　　　（指导教师：江华伟）

149

家乡剪影

封树明

我的家乡在笑霞河与滹沱河的交汇处，村庄背后是闻名遐迩的驼篓山。假期里，我和姐姐身背相机，摄下了家乡一组组精彩的镜头。

村 口

冉冉升起的朝阳镀亮了袅袅的炊烟，"笛笛……"村口响起一串串的喇叭声，一群青年男女驾驶着一辆辆崭新的摩托，行驶在柏油马路上。羽绒服、蝙蝠衫、休闲装、西装，男的潇洒，女的鲜亮。他们欲向何方？是赶集还是串亲戚？都不是，这是村中离土不离乡的新一代，是镇办企业赶着上班的职工。近年来，乡镇企业不断发展壮大，小水电厂、工业硅厂、大理石锯板厂、水暖器材制造厂，星罗棋布的厂矿开发着山区的资源，振兴着山区的经济。

温 泉

村东小河边，镶嵌着一眼温水泉，数九隆冬，天气愈严寒，泉水愈温热，一股股白气在蒸腾飞旋。祖祖辈辈，村里的婆婆、媳妇、姑娘在此洗衣、涮菜、淘米。"三个女人一台戏"，这里是村里最热闹的地方，新闻在此不胫而走，各种乐事在这里溅起欢声笑语。如果你留心泉边菜园的篱笆和河畔成行的柳梢，便会发现这里每天都变换着色彩，一年四季都是五彩斑斓。啊！温泉，你是一面晶莹明澈的宝镜，映照出山村人民生活中光彩夺目的画卷。

转播台

村西海拔千米的豹子坨顶上，架起了卫星追踪天线，电视信号发射塔像一柄直刺青天的宝剑。电视机像神话中法力无边的"宝葫芦"，遥控的摁钮就操在老婆婆的手心间，于是世界各地的风光在农家的桌面上浓缩；天南海北的美景在农家的炕头上铺展；京剧、越剧、晋剧在新盖的堂屋里上演；足球、排球、篮球在生辉的小院里竞赛。精彩的节目陶冶着年轻一代的情操，焕发了老一辈人的青春。

我和姐姐爬上了村前的鸡冠山，把镜头对准了家乡的全景，对准了村子背后的驼篓山，不！那不是一副压得家乡喘不过气来的驼篓，而是一双上下扇动的羽翅……

家乡啊，您正展翅腾飞，在蓝天上翱翔！

（指导教师：李阳海）

151

老 屋

孙红园

挣扎了几个星期，我终于说服自己，决定去看看那间老屋，即使明知那会让我难过。

我一个人回到了老屋。站在屋前，我回想起六年前在这里居住时的情景：在一片低矮的小房子中间，簇拥着一座灰白色的大房子，房子顶部是一排排整齐、崭新的青瓦，墙面上还嵌着一颗颗洁白的小石子，在阳光的照射下一闪一闪的，使整座房子有了生气，一排明亮的玻璃窗透着整洁的气息，那便是老屋。自从六年前搬离了老屋，我便很少再回来，老屋也一直没人住。如今，这为我遮风挡雨十余载的老屋即将消失，我怎能不难过？泪，无声无息地滑过我的脸庞。

从老屋回来，我的头昏昏沉沉的，我想大概是过于伤心吧。我想哭，哭他个天昏地暗，可是我哭不出；我想笑，将一切的难过一笔了之，可是我做不到。没有人会感受到那样的心情，没有人会想象到那样的失落。我已不记得是怎样找到回来的路，怎样爬上楼，怎样翻出钥匙，怎样倒在床上。紧闭双眼，那令我目不忍视的景象又浮现在我的脑海中。

初见老屋，我的心便开始往下沉。这是我的家吗？是我那童话般美丽、梦幻般醉人的房子吗？我真不敢相信，也不愿相信自己的眼睛。现在，只能用一个字来形容它——惨！

走进屋子，屋内一片狼藉，四壁肮脏不堪，水磨石地也被埋在尘土下，失去了往日的光彩，我的心又一阵绞痛。不过没关系，就算有一天它真的不再存在于这个世界上，它也将永远埋在我的心里。毕竟，这里有我的童年，有我童年时的记忆，有我童年时的点点滴滴。现在，这里还有我的泪。我多么希望能够重新住回老屋，就算在梦里也好。

不知不觉中，我沉沉地睡去，梦里，我又见到了那童话般美丽、梦幻般醉人的房子。

　　哦，老屋，令人魂牵梦萦的老屋啊！

（指导教师：刘海文）

153

览 竹

付金蓉

富饶美丽的长江中下游地区，明珠般的嵌着许多绿色的翡翠。我的家乡——松木坪就是其中璀璨的一颗。

在那一望无垠的竹海里，我漫步于曲径通幽的小道上，在绿阴的婆娑之下，凝听那轻细而又悦耳的竹涛声，饱览那一丛丛充满勃勃生机的各式竹子；目睹这临霜雪而不凋，历四时而繁茂，挺立于高山之巅，摇曳于寒风瑟瑟之中显得那么精神的竹，我心中像吃了巧克力一样来劲。

恬静、飘逸的竹林，不仅竿盛叶茂，而且品种齐全，听爷爷告诉我，那清秀挺拔的是楠竹，丛丛兀立的是桂竹，伸枝展叶的是水竹，左曲右扭的是扁担竹。它们有的高达几层楼，有的矮仅两三尺，有的叶片俏如青玉，有的叶片翠色欲滴。有的可谓"圆扁空实样样齐，粗细弯直般般异"，实在是令我倾慕不已。

154

漫步于竹径，听涛声委婉，闻鸟语悠扬。我不禁回想起郑板桥"咬定青山不放松"那脍炙人口的绝句。山竹虽然没有鲜花那样娇柔多姿，但它却能够在花儿不能生长的地方安家落户，多么顽强！看着那笔直的竹竿，我不禁又想起一句谚语"弓是弯的，理是直的"。这不正提示我们做人也应有这样"笔直"的品行吗？

竹，它之所以被誉为"四君子"之一，不仅仅是因为它有刚毅的品格，更重要的是它有那种奉献的精神。它的叶能抚育千万生灵，它的枝杆又是建筑、工艺材料和人们生活很好的燃料，而且竹子的汁还可为人们治病，这是多么了不起的献身精神！

啊，家乡的竹，秀丽的竹，挺拔的竹。我不但爱竹的清秀不屈，更爱家乡的神奇美丽！

（指导教师：江斌）

第九部分

留一丝淡淡的清香

人生如戏，有喜、有悲、有离、有合……演绎这部戏的是我们自己，导演这部戏的也是我们自己。

——张琪《曾经的同桌》

青春只剩下一半

乔晓萌

　　总喜欢在上课走神时望着窗外的树，它们带着生命之色，焕发着迷人的生机，总能使我在意想不到时有惊鸿一瞥的感觉，就像现在，忽地一转头，发现窗外那与蓝色教室截然不同的清新，眼睛望着，不觉就模糊了视线：今天是初二的最后一天了。

　　今天是初二最后一天了。伤感吗？问友人，也问自己。友人们说："这是初二最后一次一起谈笑风生了。"不要说，不要说，我抱住头，突然发现自己如此爱这个班。

　　抛却了初一的谨慎，我们开始纵情地在一起谈论人生、谈论理想；挥洒了初一的幼稚，我们在一起用心诠释少年人这个清新的字眼。还记得挨批时互相嬉笑的眼神，还记得遇到痛苦时共同讨论对策的情形，更忘不了2002年4月29日，那个永远的回忆，二十几个人在高山上携手相伴，对着一片清澈的蓝天，唱着走调的山歌。将初二细数一遍，我们用微笑诠释人生，可是，怎奈时光无情，在我们不经意间，就将日期推到了最后一天。

　　老师的身影在讲台上似乎渐渐遥远了，横扫全班，那些让我感动的面孔在视线里跳跃着，闪动着空灵的眼睛，静静地，似乎在等待最后的宣判。突然，心头一震，初二的过去，就意味着旧我的死刑，明天的我们，还是我们吗？

　　恍恍惚惚，恍恍惚惚，大约是下了课吧。"兔兔"扭动着她可爱的身躯，保持她的一贯作风——大拍着桌子："怎么办？明天就考试了。"我微笑着欣赏她甜美的模样："凉拌（办）！""哼！"她挥手弹我，转过身去。不久，这四周又围了很多人——不知从什么时候起，习惯了下课不去办公室，先在这里与同学们聊一会。通常，总能制造几个爆炸性的大笑。但是今天，话题却围绕着我们的初二（1）永远散不去。

大概是席慕容说的吧，"好多不同个性的人，从不同的地方走过来，只为了在这三年或者五年的中间共用一间教室，共用一张桌子，共读一本书，一起在一个好天气的下午，为了一句会心的话，哄然地笑一次，然后再逐渐地分开，逐渐走向不同的地方，逐渐走向不同的命运。'同学'是不是就是如此呢？"

我望着大家，他们的眉上笼着一层淡淡的缥缈的紫色的云，他们正在用金子般纯洁的心回忆着即将从我们的手中滑走的初二，正在带着纯纯的祝福对望着，仪琳为令狐冲的祈祷也不过如此了吧。突然想起宝玉出家，雪地中遇见泊舟客地的父亲大拜而别的情景……

我望着大家，怔怔地望着，生怕一不小心，一眨眼，我的初二，我们的初二（1），就如同流水一样滑过手心了。突然，上课铃一响，恍如梦中惊醒一般，我们的初二，还没有过完。

老班走了进来，脸上挂着她特有的微笑。突然发现，同窗友人们眉上的云不见了。再望一眼老班，这个我最爱的人，怎么会出现在这世上呢？心里疑惑着，却又突然想起：在我生命的某一刻，遇到了老班，遇到了我们的初二（1），这就够了，不必要求永恒，不必要求太多。

谁说青春离了初二（1），就暗无光彩，只剩下一半了呢？

我的初二，就要过去了……

157

男生王K

侯 崛

　　不高的个头，黝黑的皮肤，再加上短短的"寸头"便构成了男生王K的主要特征。王K真名王凯，是我们班的体育委员。可我们都爱叫他王K。关于他的故事可不少，我来讲给你听听吧！

　　"嘿，知道吗？马刺队又赢了！"不用说，准是王K。身为体育委员，他是绝对的体育迷，如果你和他谈起NBA或者英超联赛、欧洲杯，他一定能对你滔滔不绝地说上一小时，并且把最新动态"第一时间"传递给你。你可别以为他只会嘴上功夫，到篮球场上看看他带球过人投篮一气呵成的表现，你就会承认他的确是一个不折不扣的体育迷。

　　在班上，体育委员虽不算太大的官儿，可一些小权还是有的。每天早晨我们集合队伍做早操，便是王K一显"权力"的机会。如果哪位男生不安分，他就会"恶狠狠"地点名，或者干脆给他一拳。王K不仅对哥们儿毫不留情，对女生们也不留一点面子。如果我们女生利用排队的"契机"凑在一起聊点关于什么发型、服装之类的时尚话题，王K便虎着脸，瞪圆他不大的眼睛，凶巴巴地朝我们喊道："站队！"我们只好停止讨论，乖乖站回到队里去。不过，怨气归怨气，班里却从没有同学因为他的"铁面"而讨厌他，大概是因为班主任的那句"班上要是多几位像王凯这样的班干部就好了"的话吧。

　　难道王K这样"铁石心肠"的人也会流泪吗？俗话说："男儿有泪不轻弹，只是未到伤心处。"这句话用在王K身上最恰当不过了。记得在上学期的校体操比赛中，我们班发挥欠佳，排名最后。得知这个糟糕的消息，一些同学仍无所谓地说笑着，王K却沉默不语地坐在角落里，过了一会儿，同学们发现他正埋着头无声地抽泣着……从那以后，我们发现做早操时，王K对我们更严格了，仿佛在跟谁较劲似的。

　　这些就是男生王K的故事了，更多的我可不敢说了，不然，他可要来K我了。

（指导教师：郭洁）

大画石禄江

袁梦诚

心目中的"呕"像——石禄江

话说俺来到初一（2）班已有多日，早已成了"吵包司令"。当我第一眼看见石禄江时，不由吃了一惊：世界上竟真有这等胖子！等我再"横"五年，也肥不成这般模样！石禄江使我想起了相声演员冯巩的一句歌词：那圆圆的大头没多少头发，再去了耳朵那就是冬瓜。石禄江有一只炯炯有神的眼睛，能发出"十万伏特"的电流，简直是"一招毙命"。而另一只眼睛则是无比"呆滞"，显出一副憨态。据我不太准的目测，他左右两块脸的肉约重0.999公斤，走起路来，那肉直打颤。

数学课上的"惊魂"

数学课上，老师正津津有味地讲课："X的三次方……"号称"凳子杀手"的石禄江，又在折磨着他那条老态龙钟的凳子，可怜的凳子发出"吱吱"的呻吟声，石禄江仍然前后摇动，老师越讲越激动，可怜的凳子"死前的祷告"声越来越快。突然，石禄江的座位发出"吭"的一声巨响，他摔了个大屁墩！我全身七条大神经全都给吓麻了。紧接着是一阵哄笑，老师皱了皱眉头，好像在埋怨他打断了自己的"高潮"，完后接着讲课。

猛虎下山——拔河显神威

前段时间，学校开展了拔河比赛，"小胖哥"此时可起了极大的作用。

只见他"五花大绑"地把绳子缠在身上，简直是"稳如泰山"，那目光好像在警告对方：喂，瞧你们那小样，"手无缚虫之力"，看我"老牛"怎样收拾你们！果然，比赛结果我们班大获全胜。咱"小胖哥"石禄江可真是功不可没。瞧，他让大伙围着的那阵势，简直是众星捧月。

卫生先锋

石禄江虽然很胖，但是绝不懒，每次大扫除他总是第一个冲在前面，不但速度快，而且质量从不打折，干完自己的活后，他又去帮人摆桌子，搬凳子，擦窗子，直到教室一尘不染。瞧他看着窗明几净的教室时的样子：咧开嘴，露出两颗大门牙，突起两块结结实实的肉，憨憨的，似乎在欣赏着自己的杰作呢。

石禄江，一个可爱的"小胖哥"，他的"光荣事迹"还很多，我还准备再为他画一幅《胖哥减肥图》，为他写一本《胖哥风云传》呢！

（指导教师：李晓燕）

淡淡的清香

梁 凡

微风轻拂着大地，园中有两朵花在舞动。一朵高大丰满，一朵矮小稚嫩。朝阳升起，清香四溢，它们眼前又浮现出几个"特殊"的镜头。

镜头一：大·小

教室中每张课桌上都摆着一个小杯子，讲桌上摆着一个大杯子，杯中都有热水。这似乎很平常，但这地方严重缺水，每家每天只有一壶热水，老师每月仅70元的工资。学生像干枯的小树一样口渴，老师亦如此。或许是老师用60元的工资给学生买杯子，让他们从家中带水的行为打动了学生，他们凑钱为老师买了个大杯子，前面说到的"大""小"结合的美景便出现了。在阳光的照射下，这美景将一份师生情折射到人们心中。

镜头二：停下来·快点走

一位学生问："老师，上次我过马路前面有车时您让我停下来，这次却让我快点走。您到底要我怎么做呢？"正如不论修枝还是施肥都是为了花开得好，无论"停下来"还是"快点走"，都是让你小心，注意安全。

镜头三：接·送

学生们接送老师上下班。搀扶、问候、笑声，夕阳中他们脸上浮现的笑，风永远吹不散。

师生间有很大的差异，但他们却都用自己的言行传递着真挚、永恒的师生情。正如园中那两朵花，虽差异大，但都散发着淡淡的清香……

（指导教师：杨亚君）

柳子小记

刘立平

认识柳子是在2001年8月29日。我和她的相识仅是从一本书开始，但那天却给彼此留下了很深的印象。于是，我们成了好朋友。

她是一个十分搞笑的家伙。老师在班上大发雷霆，追查责任人，满堂寂然时，她会冒出一句——老师，绝对不是我！当历史老师讲他的七八十年代，七月汗流浃背赴高考，她会问："老师，你们为什么不开风扇？"

她总喜欢夏天穿黑色的牛仔，给人以酷酷的感觉。有时候，她会抱怨："丫丫，惨了，跟我同桌的那个男生长满了青春痘。最恶心的是，他还用洗面奶。"

她会骑自行车，这倒不足为奇。奇的是她的手可以叉在腰间，骑着她的宝贝车子和迎面而来的汽车擦肩而过。于是，班上"头号猛女"的头衔归她了。

她还玩电游，甚至比男生还疯。但这丝毫不影响她的学习成绩。语文老师说，她在文学上很有天赋。英语老师说，She is a good girl！数学老师说，他对柳子印象挺深。就连初一的生物老师见到她都会说："柳丫头，长高了，又胖了点。"

差点忘了，她最忌讳的是别人对她说"胖了点"。柳子最害怕的是逛街。满街的魔鬼身材让她好自卑。最好笑的是她曾戴着眼镜死死盯着过往人员的腿。不看还好，一看更自卑——就连男生都比她瘦。My god！

她也曾指天对地地进行惊天地、泣鬼神的减肥计划。但每次都是"丫丫，这种巧克力很好吃的耶！只吃一个，保证只吃一个……"她总是不停地往口里塞，就像填无底洞一样。去称体重——又胖了几千克。只能感慨：这为什么不是在唐朝？

我看过她的成长相册。其中有一个画面令我难以忘怀——一张小光头照。我问柳子："啥时候，你也这样丑了吧唧的？""小时候，我头上长过瘤。不信你看，还有几个疤呢。"拨开她的青丝，还真有几个地方寸草不生。"以前，我'不听话'，每次都是我好了，我妈妈就病了，所以，我一定要对妈妈好一点……"

上次放月假，在街上看到她，骑着她的宝贝车子，穿着黑色牛仔，依旧那么精神。

"嘿，柳子。"

"嘿，丫丫，老地方见，我先给我妈妈送午饭。"

嘿！柳子这丫头。

（指导教师：曹鹏飞）

165

难忘那一幕

马丽丽

三年前的那一幕，至今仍时常浮现在我的眼前。

那是一个仲春的周六，老师带我们去桃花源旅游。那天玩得特尽兴，特痛快。返程前，我看见小店里有刚上市的甘蔗，就买了一根，我心想，嚼着清甜的甘蔗，回味着一天愉快的旅途生活，一定别有一番情趣。

我和同学们一起上了汽车，坐下后，我掏出小刀削起甘蔗来。不料，汽车猛地开动，我的手向前一滑，锋利的刀片深深划进了我的手指。顿时，鲜血一个劲儿地往外涌。我从来没见过这么严重的"流血事件"，一时间吓呆了。

没等我回过神来，身旁的同学赶忙托起我的手，取出了刀片。同学、老师都朝我围拢过来，司机慌忙停了车，拿起驾驶台前的一盒火柴，撕下一块火药皮，按在我流血的伤口上："火药皮能止血！"一个同学拿起我的小刀，毫不犹豫地在自己的衣服上"嚓嚓"划了两刀，撕下一块布条。老师一边替我包上，一边着急地说："橡皮筋……扎住……止血。"扎辫子的刘丹丹急忙把橡皮筋解下来递给老师……老师刚把我受伤的手指扎好，一块漂亮的小手巾又落到我手上。我回头一看，顿时脸发起烧来。想不到，竟是前两天和我吵过嘴的肖芸。司机麻利地把手巾绑在我的手指上，说："手指竖着，别动，我把车开慢些。""不！"我坚决地摇摇头。因为我知道，车晚点了同学们的家长都会着急。可大家都冲我笑，笑得好真诚。

望着老师和蔼的面容，同学们关切的目光，司机善意的微笑，又看看自己受了伤的手，我想说什么，却没有说出来。此时我觉得，世界上有一种情感，并不是用语言就能表达出来的。我哭了。

我也不知道自己为什么要哭，只有一点可以肯定，并不是手的伤痛引起的。

(指导教师：徐晓丹)

曾经的同桌

张 琪

> 人生如戏，有喜、有悲、有离、有合……演绎这部戏的是我们自己，导演这部戏的也是我们自己。
>
> ——题记

他，是我生命里的一个过客；他，是我记忆中华美的一页；他，给我留下了难以泯灭的印象。

初识他时，是在一个百花盛开的季节。我独自一个人坐在窗前，无聊地望着楼下盛开的玉兰花，心里有一丝不快：为什么总是我一个人坐呢？就在我祈祷老师能调一个同桌到我身边时，只见一个人风风火火地冲进了教室。"对不起，我迟到了。"老师反感地皱了皱眉头，指了指我身边的空位。他挠了挠后脑勺，不好意思地坐在了我身边。

和他相处了一段时间后，我心里对他充满了敬意。体育课长跑时，他总是像一阵旋风，从最后冲到第一；跳高时，他像燕子一样轻盈地跃过竹竿；我管不住班级纪律时，他总是能大喊一声"不许讲话"，震慑住顽皮的男生……在种种琐碎的事情里，我总是能感受到他所给予的丝丝温暖。

可就当他成为我的偶像时，老师的一番话，让我的心从火热降到了冰冷。"你们以后少和他来往，他成绩不好，别给他带坏了。"不知道他怎样坏，也许是打碎过教室的玻璃吧，也许是课堂上起哄吧，也许是英语课文总背不下来吧，也许……就是这么多"也许"的猜测，让我改变了对他的态度。

当他再替我管纪律时，我不再回以明媚的微笑，而是不屑地丢给他一句——"管好你自己吧！"当他冒着被老师批评的危险替我摘下盛开的玉兰花时，我不再用一种受宠若惊的口吻道谢，而是冷着脸对他说不喜欢……

167

第九部分 留一丝淡淡的清香

　　渐渐地，他也发觉大家对他的态度变了，总是一个人默默地看着窗外已经枯萎凋谢的玉兰花，仿佛是在倾诉着什么。

　　灿烂的夏天逝去了，迎来了萧条的秋。我也开始为运动会的1500米长跑没有人报名而烦恼。那一天，他找到我："班长，我要参加1500米比赛！"我一怔，心里忍不住感动。

　　长跑结束，他拿了第二，可没有人为他送水，也没有人为他喝彩。我远远地看着他失落的背影，心头一酸：难道学习成绩差就一切都不好了吗？

　　"给你，喝水吧！跑得真好！"他看着我手中的水，欣慰地笑了。

　　时光荏苒，岁月如梭，可这段有他的日子永远不褪色。

　　哦，我曾经的同桌，希望你一路走好！

（指导教师：马丽丽）

第十部分

聆听花开的声音

把生活握在自己手中
用情感的墨汁去滋润心灵
种下记忆、感动、生命的种子
聆听花开的声音

——刘慧娟《聆听花开的声音》

聆听花开的声音

刘慧娟

把生活握在自己手中
用情感的墨汁去滋润心灵
种下记忆、感动、生命的种子
聆听花开的声音

把幸福握在自己手中
用真诚的心去追寻它
种下美丽、快乐、欢喜的种子
聆听花开的声音

暂时抛开不属于我们的东西
让生命静静地等候
聆听花开的声音
收获辉煌、成功、喜悦与激动

（指导老师：周扇翎）

170

听我唱歌

张 悦

和一个又一个的冬天擦肩而过
抬头看多年前飞鸟飞过的痕迹
感受自己在这个季节里健康地拔节
阳光和雨水
还有那一页页翻过去的日历

在晴朗或阴霾的日子里
微扬着嘴角仰望天空
用不同的年龄不同的心情
看相同的流云飘过

我的单肩包和单车
陪我在这个季节
看来了又去、去了又来的人群
还有云卷云舒 花谢花开

首尾相连的香樟树
覆盖着这座年轻的城市
这座城市从不衰老
就像在学校黄昏无人理会的寂寞与忧伤
于是时间变得沉重而渺小

我在唱歌

你听到了吗？

（指导教师：房坤）

我骄傲，我是一滴水

武冰清

我骄傲，我是一滴水，一滴融汇在长江里的水，
伴着江河的乐章，流淌——流淌——
我骄傲，我是一滴水，一滴漂游在黄河里的水，
听着浪花的交响，歌唱——歌唱——
我总是这样欢畅，我总是笑对阳光，
生活中的困难怎能将我打倒？我身边充满了太阳的光芒！
我愿意尽我所有的力量，我愿意带给人们希望，
我愿意生存在陆地、天空和荒漠，
滋润龟裂的土地，溶入干涸的池塘，
湿润燥热的空气，满足渴望的目光。
也许我只是一滴水，也许我没有巨大的力量，
但我愿将心灵、血液和生命献给全世界，
只为一张张微笑的脸庞。

（指导教师：尤志心）

雨落

顾梦婷

我听见　你对我说

相逢是首歌

池塘替我回应了你——

滴滴　点点　滴滴

似有似无　在耳边

柔柔软软

似孩提时摇篮边母亲哼唱的催眠曲

我听见　你对我说

相逢是首歌

屋瓦替我回应了你——

轻轻　重重　轻轻

时缓时急　在头顶

绵绵无期

如永不停息的大地之歌

独自漫步在路边

一把伞遮不住斜飘进来的你

肩　湿了一大半

还在欣赏　池塘的歌声

还在倾听　屋瓦的歌声

蓦然回首

又逢月夜雨落

（指导教师：吴昊）

女儿的礼物

江 琳

妈妈，我想送你一件礼物！
用云朵做成精美的包装盒，
风儿轻轻地把它扎紧，
蘸着雨点把它擦得晶莹闪亮，
彩虹再悄悄画上新装。
用太阳光做的金笔写上祝福，
月亮看了也满意地点头赞扬。

妈妈，你看见了吗？
礼物就在用星星做的马车之上。
请你解开风儿的丝带，
打开云朵的包装，
感受雨点的凉爽，
欣赏彩虹的美丽新装。

妈妈，你看见了吗？
礼盒中是女儿的宝藏。
快握住女儿的爱吧，
爱是如此的滚烫！

亲爱的妈妈，
希望你因为这礼物而欢畅。

爱的长河无际，

我永远在你的心房。

（指导教师：杨晓红）

亲爱的　我在这里

王晗

我看到了你

矫健的身躯

奔腾着

在广袤的草原上

我看到了你

自由的羽翼

翱翔着

在浩瀚的天空中

我看到了你

流畅的形体

遨游着

在蔚蓝的大海里

亲爱的

我在这里

奔来这里

飞往这里

游到这里

这是爱的世界

我看到了你

无奈的身影

被牵着

在陌生男人的身后
我看到了你
羸弱的身躯
"奔跑"着
在圆柱形的小笼中
我看到了你
纤小的身子
摇摆着
在晃动着的"监狱"里

亲爱的
我在这里
勇敢地摆脱严酷的束缚
这里是爱的入口
来到这里
飞来这里
游到这里
会生出无限的绿
从此
即使流泪也能欢呼

（指导老师：卫峰）

人与动物四部曲

邱玲玲

惨遭伤害篇

枪声将我吵醒

我睁开迷蒙的眼

月色如此的清高

餐风咽露本难求饱

空中传恨

枉费了我凄惨嗷嗷

断续的嘶吼

直守到次日清晨

无情的猎枪

依旧肆意扫荡

丑陋的面孔

仍然历历在目

脚步渐渐远离

我抖落身上的树叶

阳光本能的温暖

枯肠渴肺眼神飘渺

鼻腔血腥

燃起了我的满腔仇恨

虚弱的身体

强撑起寻找同伴

红色的树叶

妖冶的乱了我眼

肆虐的大火

带给我炎热感

步调沉静而庄重

我飞奔着逃出生天

浓烟冲走了血腥

怒发冲冠抬头向天

复仇，将指日可待

呼吁行动篇

同情沾满了我的双眼，

画面宣告着人们的罪。

血色、血色、血色，

狞笑、狞笑、狞笑。

谁来挽救：无辜的生命？

谁去赎罪：无穷的杀戮？

谁来抚慰：无尽的伤痛？

我们原本共享一个名字：地球，

我们原本同住一片天地：自然，

我们原本拥有一种气氛：和谐。

可是，现在，这是怎么了？怎么了？

赶快，现在，需要大家的！大家的！

拯救动物们尚未完全冰冻的心，

温暖动物们尚未完全冰冷的血，

同住一个地球，

拥有一个家园，

需要你、我、他，

共创和、谐、美。

心怀愧疚篇

昨夜梦醒虎口，

浅眠不奈怒吼，

试问当代人，

谁道无力还手。

知否，

知否，

应是私下暴走。

梦醒抚胸，无奈惧恐厄难临。（梦醒时）

晨清曦稀，恹恹掩头胀。（梦醒后）

闻嘶声来，怔怔难色涌。（又是梦中）

惊起坐，四顾回想，却现梦中梦。（惊醒时）

和谐一家篇

不再有猜忌，

不再有狐疑，

不再有背叛，

鸟语花香，

虫鸣蛙噪，

蝶飞蜂嚷，

声留耳畔，

音拂指腹，

情划心间，

愿这一家和谐永远！

望这一家温馨永远！

（指导教师：郭玉凤）

致——大自然

赵佳琪

我艳羡春燕衔泥寻温馨，艳羡云端展翅布谷歌；
我钦佩黄牛耕耘不厌劳，钦佩种子破土奇力量；
我沉醉杏花粉红阳光艳，沉醉娇春初披红绿妆。

我凝望接天莲叶无穷碧，凝望霞光映水吻夕阳；
我享受最后一缕艳骄阳，享受晴空游走乌云遍；
我倾听蟋蟀唧唧小鸟鸣，倾听竹叶萧萧花草语。

我远眺南归鸿雁缀蓝天，远眺金黄枝头挂果实；
我看见农民双眼沁喜泪，看见水田谷穗叶压弯；
我细品晨露夹送稻粒香，细品田野农人憨笑面。

我赞美青松红梅傲冰雪，赞美菜秧麦苗耐寒霜；
我酷爱高山顶上白雪落，酷爱偷偷沉眠地下虫；
我观赏行人身上换棉袄，观赏下一春天又来临。

(指导教师：朱文玉)